講談社文庫

妖《あや》し火

公家武者信平《のぶひら》ことはじめ㈥

佐々木裕一

講談社

目次

妖《あや》し火——公家武者信平《のぶひら》ことはじめ(六)

第一話　妖《あや》し火

一

この日、松平信平《まつだいらのぶひら》は、江戸大火の知らせを受け、上野国《こうずけのくに》の領地から帰っていた。近づくにつれて、町中に点在する寺には、焼け出されて避難した人々の姿が見えるようになった。近くを逃げてゆく者たちは、自分の身を守るのがやっとだったのか手荷物も少なく、髪は乱れ、着物が汚れている。煙に燻《いぶ》された匂いがし、中には、顔や腕に火傷《やけど》を負っている者がいる。

すれ違う者たちの中から、江戸城が焼け落ちたという声を耳にした信平は、急ぎ高台に上がった。遠くに霞《かす》んで見える江戸の町には、ところどころ煙が立ちのぼり、雲のごとく漂っている。どこからでも望めていたはずの天守閣は、いくら探しても目に入らぬ。

「と、殿、これは大事《おおごと》です。先を急ぎましょう」

供をしていた江島佐吉《えじまさきち》が、顔を青ざめさせている。

狐丸《きつねまる》の鍔《つば》に指をかけた信平は、高台から一気に駆け下り、四谷《よつや》に急いだ。

甲州《こうしゆう》街道に出ると、四谷の通りを走り抜け、四谷御門から外堀内に入ろうとしたのだが、門は固く閉ざされ、厳重な警戒をする門番によって、中に入ることを拒まれた。

「鷹司《たかつかさ》松平信平様じゃ。通せ」

佐吉が必死の形相《ぎようそう》で言うと、組頭《くみがしら》と名乗った侍が、信平に頭を下げた。

「御公儀の命《めい》がくだるまでは、お通しできませぬ」

「御城下はどのようになっているのじゃ」

信平が訊《き》くと、組頭は人目《ひとめ》を気にした。

「ここでは、申せませぬ」

江戸城が焼け落ちたのだ。この機に乗じた謀反《むほん》を警戒して、箝口令《かんこうれい》が敷かれているに違いない。

他の門もすべて閉じられていると聞き、信平はあきらめようとしたが、

「どいた、どいた！」

威勢のいい声を出しながら、荷物を山積した荷車を押す集団がやってきた。それを見た組頭の命で門が開けられ、数十の荷車が土埃《つちぼこり》を上げて駆け込んでいく。

信平はどさくさに紛れて門内に入った。そして、目の前に広がる光景に息を呑んだ。にぎわっていた麴町《こうじまち》が、見渡す限り焼け野原になっている。

「松平様、お待ちください！」

組頭が、慌《あわ》てて追ってきた。

信平は組頭を待って問う。

「吹上《ふきあげ》は、どうなっているのだ」

「そ、それは」

躊躇《ちゆうちよ》する組頭の腕をつかんで人気《ひとけ》のないところに連れて行き、もう一度訊いた。

「吹上に建ち並ぶ御屋敷は、紀州徳川家《きしゆうとくがわ》はどうなった」

組頭は、信平から目をそらして言う。

「ほとんど焼けたと、聞いております」

途端に、信平は駆けだしていた。

紀州徳川家と信平の縁を知る組頭は止めず、気の毒そうな顔で深々と頭を下げた。

それを見た佐吉は、ただならぬ事態になっていることを予感し、信平のあとを追った。

この時、信平の頭の中には、松姫《まつひめ》のことしかなかった。

「無事でいてくれ」

こころの中で念じながら走り、半蔵《はんぞう》御門にたどり着くと、門は焼け落ちていた。そこから見えていた御三家の屋敷の屋根も、江戸城本丸に聳《そび》えていた天守閣も消えている。

入り口は数名の門番が守っていたが、その中に顔見知りを見つけたと同時に、門番も、草色の狩衣《かりぎぬ》姿の信平に気付き、駆け寄ってきた。

「松平様、よくぞご無事で」

「麿《まろ》は江戸を離れていたのだ。そなたこそ、無事で何より」

「はは」

「吹上の方々は、皆様ご無事に逃げられたのか」

「それが、分かりませぬ」

当日は大混乱が生じ、どう逃げたのか、まったく把握できていないという。

「さようか」

信平は落胆した。

「中に入れてくれぬか」

「どうぞ」

門番は、すんなり道を空けてくれた。瓦礫《がれき》が危ないと言って案内を申し出たが、信平は断り、佐吉と二人で入った。

豪壮な門が並んでいた御三家の屋敷は、江戸城と同じく焼け落ち、土塀だけが無残な姿をさらしていた。

「これは夢か。ああ、夢であってくれ」

足を止めて嘆き、途方に暮れる佐吉を、信平は促《うなが》して歩みを進める。

他の武家屋敷も焼けていたが、奥に行くと数軒が残っていた。

その中で、信平の姉、本理院《ほんりいん》の屋敷は、焼け残った数少ないうちのひとつであった。

信平は急ぎ門を潜《くぐ》ったが、どこかに逃れているらしく、屋敷には誰もいなかった。

「何者だ！」

大声に振り向くと、六尺棒を持った四人の役人が駆け寄ってきた。

一人が信平に言う。

「そこで何をしておる」

火事場泥棒を警戒して見廻っているらしく、厳しい態度で迫った。

佐吉が信平の名を告げると、すぐに疑いは晴れたが、この者たちに問うても、松姫と本理院の避難先を知らなかった。

信平は吹上を出ると、自分の屋敷へ向かった。

新しく拝領した屋敷は、赤坂御門内にある。

吹上からは五町ばかりの、目と鼻の先。

祈る思いで戻ってみると、真新しい屋敷は跡形もなく焼け落ちていた。桜が咲く頃に領地から戻る予定だった信平は、新居に松姫を迎える運びになっていたのだ。

佐吉は悔し涙を流し、座り込んでしまった。

善衛門《ぜんえもん》や、信平の家人たちが無事なのは、知らせてくれた者から聞いて安心していたのだが、松姫との新しい暮らしを夢見ていただけに、信平の落胆も大きかった。

男泣きする佐吉の横に座り、肩に手を置いて言う。

「皆が無事でいてくれてよかった。屋敷は、また建てればよい」

佐吉は答えられぬほど嗚咽《おえつ》している。

信平は、肩をたたいた。

「佐吉、もう泣くな。皆のところへゆくぞ」

「はい」

佐吉は太い腕で涙を拭《ぬぐ》い、立ち上がった。

「信平様」

背後で、お初《はつ》の声がした。

振り向くと、お初は伊賀袴《いがばかま》を穿《は》き、忍びの身なりをしている。

片膝をついたお初は、信平の無事を喜んだ。聞けば、老中の命を受け、この混乱に乗じた謀反を警戒しているのだと言う。

信平は問う。

「豊後守《ぶんごのかみ》様は、ご無事か」

「はい」

「上様は」

「西ノ丸に難を逃れられ、ご無事にございます」

「それは何より。さっそく、見舞いにまいろう」

「今は控えられるようにとの、豊後守様からのお達しでございます」

諸大名と大身旗本が駆け付け、西ノ丸は行列ができているという。

承知した信平は、焼け野原を見ながら、ついこぼした。

「何ゆえ、このような事態になったのであろうか」

「初めは、本郷《ほんごう》から火の手が上がりました」

お初が言うには、湯島《ゆしま》、駿河台《するがだい》に延焼。下町の神田、日本橋に及び、八丁堀《はっちょうぼり》、霊岸島《れいがんじま》、佃島《つくだじま》まで焼けていた。

火事はおさまったと思われたが、翌日には小石川伝通院《でんづういん》あたりからふたたび火の手が上がり、神田から京橋、新橋まで焼けた。さらに同日の夜には、麴町《こうじまち》から出火し、外桜田《そとさくらだ》と西ノ丸下に並ぶ大名屋敷を焼き尽くし、芝方面にまで広がったところでようやく消えていた。

外堀内はほぼ焼失したと知った信平は、被害の大きさに驚き、胸を痛めた。

「松姫は、無事であろうか」

信平の問いに、お初は暗い顔を横に振った。

「安否はつかめておりませぬ」

紀州徳川家は下屋敷に避難したという情報もあれば、将軍家と西ノ丸にいるという説もあるのだという。調べようにも、押し寄せる見舞い客によって城内は未だ混乱の中にあり、城に詰める者たちに話を聞ける状態ではないのだと言われた信平は、自分の目で確かめるしかないと考えた。

「やはり、磨も城へまいろう」

「お供をします」

そう言うお初にうなずいた信平は、佐吉に言う。

「そなたは、善衛門のもとへまいれ」

「かしこまりました」

善衛門と家人たちは、青山《あおやま》にある葉山《はやま》家の下屋敷に身を寄せている。

佐吉と分かれた信平は、お初と江戸城西ノ丸へ向かった。

焼けた武家屋敷のあいだの道を歩み、桜田堀に出ると、堀沿いの道をくだる。信平は、一歩下がって続くお初に顔を向けて訊く。

「謀反を警戒していると申したが、兆《きざ》しがあるのか」

耳目《じもく》を気にしたお初は横に近づき、声音《こわね》を下げて答えた。

「豊後守様をはじめ公儀の方々は、この火事が陰謀ではないかと疑っておられます」

三日に分けて火元が移ったため、由井正雪《ゆいしょうせつ》事件の残党の仕業《しわざ》ではないかという声があがっているらしかった。

以前、「浪人狩り」(『公家武者信平ことはじめ(二)参照』)ではじまり、南部《なんぶ》信勝《のぶかつ》と尾《お》張藩《わり》の村越《むらこし》家老が企てた陰謀を暴いた信平が、由井事件の残党も成敗したはず。

「残党が、まだ潜《ひそ》んでいたと申すか」

「公儀は密かに調べを進めていると言いますが、浪人狩りのような動きはありませぬ。他の何かを、隠している気がいたします」

お初は、未曾有《みぞう》の大火災は仕組まれたものだと疑っているようだが、詳しく語ろうとはしない。胸のうちに秘めるのが何なのか、信平には想像もできなかった。

程なく、外桜田御門を潜った。すると、大番所の役人が駆け寄り、信平に頭を下げて言う。

「大名家以外は、西ノ丸へ上がるのはお控え願うとのお達しにござる」

役人が言うのも無理はない。火事がおさまって半月が過ぎようというのに、大名少路は混み合い、先へ進めそうもなかった。

大手門から回ろうにも門は堅く閉ざされ、厳重な警備が敷かれているとお初が教えた。

「老中でさえ、一部のお方しか入るのを許されませぬ」

「さようか」

信平は、あきらめるしかなかった。

三十間堀《さんじつけんぼり》を越えた木挽町《こびきちょう》にある紀州藩の下屋敷へ行くことにして、外桜田門から出た。

北から突風が吹き、黒い埃を含んだ風がつむじ風となり、塵《ちり》を高く巻き上げた。

大名家の屋敷はすでに片づけがはじめられており、藩士たちが、焼け残った物を次々と運び出している。

いずれも、中屋敷か下屋敷に運ぶのだろうが、火事が多い江戸にあっては、大名家はもちろん、町の大店《おおだな》も、いざという時に備えて、江戸市中から離れた場所に別宅を持っていた。用意が周到な者は、火事で店が焼けても短期間で再開できるように、材木問屋の木場《きば》に、一軒分の材料を預けている。その甲斐《かい》あってか、日本橋界隈《かいわい》では、焼け落ちた店をさっさと更地にして、新しい店を建てる支度がはじまっているのだと、お初が教えた。

話を聞きながら、人々のたくましさに感心しつつ日比谷《ひびや》堀沿いを歩いていると、

「信平様！」

大声をあげた者がいた。

応じて振り返ると、走ってくる者がいた。

顔を歪《ゆが》めて息を上げているのは、紀州藩士、中井《なかい》春房《はるふさ》だ。

気付いた信平は、駆け寄った。

「信平様、ご無事で」

そう声をかける中井に、信平は言う。

「麿は領地より戻ったばかりじゃ。姫は、松姫は無事か」

「はい。下屋敷におられます」

中井が笑みで答えたので、信平は安堵《あんど》した。

「それは何よりじゃ。頼宣《よりのぶ》様と奥方様は」

「ご無事でございます」

「姫は、怪我《けが》などしておらぬか」

「はい」

答えた中井が、視線をそらした。

躊躇《ためら》いを見逃さぬ信平が問う。

「いかがした」

「それが、その……」

中井は、言おうか言うまいか、迷っている。

「姫に、何かあったのか」

先回りして訊く信平に、中井は困り顔をした。

「お身体はご無事なのですが、このような事態になってしまい、おこころをその、痛めていらっしゃるといいますか、なんとも……」

歯切れの悪い言い方をして口を閉じてしまった中井に、お初が苛立《いらだ》ちをぶつけた。

「中井殿、はっきりおっしゃらねば、信平様が心配されます」

中井は眉尻を下げた顔をお初に向け、信平を見てきた。

「江戸市中の惨状に触れられた姫は、衝撃のあまり、寝込んでしまわれたのです」

大火では多くの命が奪われたとも聞いていた信平は、江戸から離れる者たちの、暗く沈んだ顔を思い出し、松姫を案じた。

「会わせてもらえぬか」

頼む信平に、中井は頭を下げて言う。

「今は、お控えくださいとのことです。これを、預かってまいりました」

中井は、信平を捜していたのだろう。懐《ふところ》から出した手紙を差し出した。

受け取ると、中井は目線を下げた。

手紙の表には、自分に宛てた名が書いてあったが、その字を見た信平は安堵した。

紛れもなく、松姫の字だったからだ。

はやる気持ちを抑えて手紙を取り出した。読み進むにつれて、信平を気遣う姫の姿が目に浮かぶようだった。そして、逃げ延びる時に惨状を目《ま》の当たりにした姫は、苦しんでいる様子だった。

松姫は、自分だけが幸せになってはいけないと思っている。

その気持ちを読み取った信平は、松姫の優しさを想い、天を仰いで目を閉じた。

「中井殿、承知したと、姫に伝えてくだされ」

中井は頭を下げた。

お初が驚いて言う。

「お会いになりませぬのか」

信平は、真顔でうなずく。

「会えば、かえって姫を苦しめるかもしれぬ。今は、文を届けるとしよう」

姫の心情を知っているのだろう。中井は黙って頭を下げた。

下屋敷に戻る中井を見送った信平は、道を引き返し、善衛門たちがいる青山の屋敷へ向かった。

二

虎御門から堀外に出て、青山原宿村《はらじゅく》の道を通っていた時、六人ほどの男が、後ろから追い抜いて行った。

頬被《ほおかぶ》りをした男たちは、寒空の下で着物の裾を端折《はしょ》り、腰に道中差しを帯びている。

そのうちの一人が振り向き、値踏みするような目をお初に向けた。

「おう、急げ」

仲間に言われて男が追い付き、何かを言った。すると、その仲間たちが振り向き、お初を見ると、いやらしそうな笑みを浮かべて立ち去った。

お初は、知らぬ顔で歩んでいる。

信平は、その者たちが善人には見えなかったので、気になった。

歩を速めてあとを追ったが、その者たちは駆けて行き、見えなくなった。

信平の目を離れた男たちは、田圃《たんぼ》のほとりにある空き家を囲み、二人が中へ入った。女が出てきて、逃げようとしたが、外で待ち構えていた者に捕まり、家の中に押し込まれた。

家の中では、無頼者が刀を抜き、怯《おび》える者たちを脅していた。

「どうだい兄貴、おれが言ったとおり、いい玉が揃ってるだろう」

「おう」

兄貴と呼ばれた男が、うずくまる女の顎《あご》をつかみ、じっくりと顔を拝んだ。

「へへ、こいつは高く売れるぜ。小僧も連れて行け、いくらか銭にはなるだろう」

この者たちは、人攫《さら》いだ。

火事で焼け出された女子供を狙い、売り飛ばしているろくでもない一味である。

「恨むなら、火事を起こした奴を恨みな」

女子供を外に出させ、残った年寄りたちには用がないと言い、刀を振り上げた。

斬ろうとしたその時、外で仲間の悲鳴があがった。

「どうした！」

顔を見合わせた二人が、慌てて外に出ると、草色の狩衣を着た信平の前に四人の仲間が倒れ、痛みに苦しんでいる。

髭《ひげ》面の男が、驚いた顔を信平に向ける。

「てめえは、さっきの」

言うなり怒気を浮かべ、刀を振りかざして斬りかかった。

信平は、つむじ風のごとく身体を転じて切っ先をかわすやいなや、手刀で男の背中を打った。

勢い余った男が前につんのめり、空き家の庭先にあった池に頭から突っ込んだ。

「ひい、冷たい！」

日陰で、薄氷が張っていた池に落ちたのだから、悲鳴をあげるのも無理はない。

男は慌てて這《は》い上がってきたのだが、その顔の前に、女の細い足が立った。軽蔑の眼差しで見下ろしたお初が、男の顎を蹴り上げると、

「うっ」

白目をむいて気絶した。

一人残った無頼者が、怯えた顔で刀の切っ先を向けたが、信平が一歩前に出ると、悲鳴をあげて一目散に逃げ去った。

苦痛に呻《うめ》いていた者たちも、気絶した仲間を抱え上げると、よろよろと逃げて行った。

初老の男が信平の前に座り、頭を下げた。

「ありがとうございます。助かりました」

「この家の者か」

「いえ」

男は、火事から逃れてきていた。行くところがない者が空き家に集まり、寒さをしのいでいたところを、目を付けられて狙われたらしい。

「ここでは、雨風をしのげまい」

空き家の屋根は、ほとんど藁《わら》が落ちていた。

「今のような輩《やから》が、ふたたび現れるやもしれぬ。麿と共に参れ」

「よ、よろしいので」

「麿も無宿《むしゆく》の身じゃが、なんとかなろう」

そう言うと、男は喜んで皆を集めた。

男女子供合わせて十人が集まり、連れて行かれそうになっていた女と子供が、信平に頭を下げた。

信平は笑みで応じて、皆と一緒に葉山家の屋敷へ向かった。

歩きながら、初老の男に訊く。

「して、どこから逃げてきたのじゃ」

「わたしは麹町です。他の者もその近辺の者たちばかりで、火から逃げて寺に駆け込みましたが、どこも一杯で窮屈なものですから、いろいろ探しているうちに、気付いたらここに来ていました」

「さようか。それは難儀をしたな」

「お公家様も、屋敷を失われたのですか」

「こう見えても、旗本じゃ」

男が驚いて、立ち止まった。

「まさか、あなた様は」

「麿を知っておるのか」

「ええ、それはもう。赤坂御門内の御屋敷を建てたのは、わたしの弟でしてね、毎日のように、殿様の話を聞いておりました。そうでしたか、あなた様が」

男は、感心したような顔で信平を見ると、すぐに、表情を曇らせた。

「立派な御屋敷でしたのに、お気の毒なことで」

「こればかりは、どうにもできぬ」

「それにしても、酷《ひど》い火事でした。火元となった家の人は、大変な思いをしているでしょうね」

「優しいのだな」

「いえ。臆病なだけですよ。申し遅れました。わたしは、麴町で桶《おけ》屋をしております、朝治《あさじ》と申します」

改めて頭を下げる朝治に、信平は訊いた。

「これまで、食べ物はどうしていたのじゃ」

「水だけはありましたが、ほとんど何も口にしておりません」

「さようか。では、先を急ごう」

信平は、幼い子供たちを気遣いながら、歩みを速めた。


「殿、殿ぉ」

屋敷の門から入った信平の顔を見た善衛門が駆け寄り、足下にうずくまった。

信平は、泣いている善衛門の背中に手を差し伸べて言う。

「善衛門、よう無事でいてくれた。皆も、元気そうで嬉《うれ》しいぞ」

門番の八平《やへい》が肩を震わせ、おつうとおたせが、小袖の袖を目に当てている。

佐吉の妻の国代《くによ》も、元気な顔を見せてくれた。

涙を拭った善衛門が、両手をついて言う。

「殿、申しわけございませぬ。出来上がったばかりの御屋敷を、守れませなんだ」

「城が焼けるほどの大火事だったのだ。仕方のないことじゃ」

「まったくもって、悔しい限り。江戸に火事は絶えませぬが、此度《こたび》のような大火事は、初めての経験です」

「麿も初めてじゃ。まことに、酷いことよ。善衛門、もう面《おもて》を上げよ」

「はは」

顔を上げた善衛門は、立ち上がって言う。

「佐吉から聞きました、奥方様はご無事でしたか」

「うむ」

「それはようございました」

ようやく笑みを見せた善衛門に、信平も笑みで応じる。

「番町《ばんちょう》の方々は、ご無事か」

「おかげさまで、正房《まさふさ》をはじめ、皆なんとか逃げ延びております」

今は、牛込《うしごめ》の別邸に居を移し、正房は西ノ丸に詰めているという。

善衛門は、信平を中に促した。

「ここは、それがしが建てた別邸ですから、気兼ねなく使《つこ》うてくだされ」

ぬ。


「では、人を呼びたいのだが」

「は？」

善衛門は、お初になんのことかという顔を向けたが、お初は目を伏せたまま答えぬ。

「よいか、善衛門」

「はあ、ようござるが、いったい誰を――」

「お初、あの者たちを呼んできてくれ」

答えず頼む信平に応じたお初は、門の外へ走り、信平が助けた町人たちを連れてきた。

十人の町人を見てぎょっとする善衛門に、信平が教える。

家を失い、屋根が朽ち落ちた空き家に身を寄せていた町民たちが、人攫いに連れて行かれるところだったのだと言い、しばらく住まわせてくれるよう頼んだ。

善衛門は、難儀をしたであろうと哀れみ、

「ずいぶん弱っているようじゃ。何も食べておらぬのか」

男児にそう訊くと、男児はこくりとうなずき、母親の後ろに隠れた。

善衛門が言う。

「おつう、おたせ、急いで粥《かゆ》の支度をせい」

「はい」

「今すぐに」

おつうとおたせが、台所に急いだ。

名乗って恐縮する朝治に、善衛門はおおらかに応じた。

「皆は、そうじゃな、離れを使うてくれ。ちと狭いが、雨風はしのげるし、人攫いも来ぬ」

「ありがとうございます」

「あの、お名前を」

おせんと名乗った若い女に訊かれて、

「わしは、葉山善衛門じゃ」

胸を張ると、おせんは微笑《ほほえ》み、信平に目を向けた。

善衛門がちらりと信平を見て、名を教えようと口を開くと同時に、朝治が先に教えた。

「このお方は、鷹司松平、信平様だ」

言おうとしていた善衛門は、前につんのめるようにして、言葉を呑み込んだ。

前将軍家光《いえみつ》の義弟と知り、おせんは目を見張り、初めて知った他の者たちも驚き、慌てて地べたで平伏した。

信平は皆に言う。

「かしこまらずともよい。麿も今日より、皆と共にここで世話になる身じゃ」

「殿、またそのようなことをおっしゃって」

善衛門が将軍家縁者の威厳を保てと言うが、信平にその気はない。

黙って微笑む信平の態度に、善衛門は表情を和《やわ》らげ、朝治たちに向く。

「粥を届けさせるから、離れで温まりなさい。八平、案内をいたせ」

「へい」

八平が、信平と善衛門に何度も頭を下げる町人たちを促し、離れに連れて行った。

お初が信平に言う。

「ではわたしは、信平様がここにおられることを豊後守様にお知らせし、町の警戒に戻ります」

「手間を取らせた」

「いえ」

信平が頭を下げると、お初も頭を下げ、外へ出ていった。

善衛門が言う。

「殿も、顔色が優れませぬぞ。上がってお休みくだされ」

「ふむ」

信平は、狐丸を鞘《さや》ごと抜いた。佐吉に預け、善衛門の案内で座敷に入ると、促されるまま上座に座った。

八畳二間の座敷からは、枯山水《かれさんすい》を望める。

庭を眺める信平の横顔をうかがいながら座った善衛門が、渋い顔で問う。

「殿、もしや、奥方様に何かござりましたのか」

善衛門に顔を向けた信平は、手紙で知った、松姫の今を打ち明けた。

すると善衛門は、心配そうに言う。

「甥《おい》の正房からは、吹上の方々は西ノ丸に難を逃れたと聞いておりましたが、その後出られたのですね。木挽町の下屋敷に向かわれる時に、惨状を見られたのでしょう」

炎に巻かれ、逃げ遅れた者が少なくないと善衛門は語る。

この大火事は、のちに明暦《めいれき》の大火と言われる大惨事だったのだ。

善衛門が、ひとつため息をついて続ける。

「公儀は民を救済するべく、蔵の米を出したと聞いておりますが、皆に行き届いておらぬようです。多くの民が逃げ込んだ寺には届いておるようですが、入れなかった者は大勢おりましょう。その者たちが、この寒空の下でどのようにしているのか、気がかりです。奥方様が、焼け出された者たちに胸を痛められるのは、よう分かります」

信平はうなずき、もうひとつの憂いを問う。

「この火事が仕組まれたものだと聞いたが、正房殿は、何か言っておられぬか」

「由井の残党説ですか。あれはどうも、眉唾物《まゆつばもの》ですぞ」

「他に、陰謀があると申すか」

「公儀はそうしたがっておるようですが、実のところは、分かっておらぬようです」

善衛門は膝を進め、声を潜めた。

「それがしは、火元と思われる本郷丸山《まるやま》の本妙寺《ほんみようじ》をかばうために、陰謀説を流しているのではないかと思うのです」

「何ゆえじゃ」

「御老中久世《くぜ》家の、菩提寺だからです。あくまで、それがしの憶測にすぎませぬが」

「麿は、そのほうがよい。あまりにも犠牲が多すぎるゆえ、謀反の企てによる付け火でないことを祈る」

「まことに」

「旦那様、粥の支度が整いました」

廊下で声をかけたおつうに、善衛門が応じる。

「すぐに出してやってくれ。腹が減っておろうが、ゆっくり食べるように言うのだぞ。殿も腹が減ってござろう。別な物を用意させますのでお待ちを」

「麿も、皆と同じでよい」

「何をおっしゃいます。あの者たちは何日も食べておらぬから粥なのです。殿はしっかり食べませぬと、腹に力が入りませぬぞ。これ、おたせ、殿には別の食事をもて」

「もうできております」

領地から戻ったばかりの信平を気遣ったおたせが、膳を調《ととの》えてくれた。

近くの畑でとれた大根の煮つけに味噌汁《みそしる》とご飯だが、信平には十分だった。

「お初様の味噌汁には敵《かな》いませぬが」

おたせが言い、にこりと笑みを作った。

「いや、旨《うま》い」

信平は、温かい味噌汁を飲み、ほっと息をついた。

食事をすませたところで、善衛門が改まって言う。

「殿、奥方様のためにも、一刻も早う屋敷を再建《はよ》せねばなりませぬぞ」

「またそのように、気の抜けた返事をされて」

善衛門はやきもきしているが、信平は、松姫と同じ気持ちだった。

「我先に屋敷を建てても姫は喜ばぬ。それよりも、民の暮らしを元に戻すのが先じゃ」

善衛門は驚き、焦りを隠さぬ。

「殿、何を考えておられる」

「言葉のとおりじゃ」

「それは公儀の役目にござる」

「麿にも、できることはあろう」

「何をするおつもりか」

「たいしたことはできぬが、大海四郎右衛門《おおうみしろうえもん》に命じて、領地から米を送らせよう」

「なりませぬ。そのようなことをしたら、領民が飢えますぞ」

「その心配はございませんぞ、ご老体」

善衛門は廊下に振り向いた。

「佐吉、誰が老体じゃ」

「ふむ」

口をむにむにとやって不機嫌になる善衛門に、佐吉が笑いながら歩み寄って正座した。

「大海殿はたいしたお方ですぞ。代官所の米蔵が、一杯になっておりましたからな」

善衛門は目を見張った。

「馬鹿な、年貢は七百石だったのだ、そのようなはずはあるまい」

佐吉は首を振る。

「それがあるのです。生糸《きいと》ですよ」

「生糸？」

「はい。前代官の暁《あかつき》が残していた生糸を米に替えて、蔵を一杯にして殿を待っておられたのです。金子《きんす》が入用の時は、米をいつでも江戸に送れるよう支度をされていたとのこと。その量は、しめて二千石」

「何、二千石じゃと！」

小判にすると二千両だ。

善衛門は愕然《がくぜん》としている。

信平は言う。

「麿はその金で、今日助けた者たちに長屋を建ててやろうと思う」

「まあ、それだけあれば、十分よい物が建てられましょう」

善衛門は言っておいて、慌ててかぶりを振った。

「屋敷はどうするのです。殿は千四百石のあるじ。武家というものは、禄高に見合う屋敷を構える義務がございます。それを怠れば、不忠者としてお咎《とが》めを受けますぞ。無宿人など、もってのほかです」

思わず無宿人と口から出てしまった善衛門は、慌てた。

「これは、言いすぎました」

「よい。麿は確かに無宿人じゃ」

「殿ぉ」

善衛門は、情けなさそうに眉尻を下げた。

聞かぬ信平は、焼け出された者のために長屋を建てると決めて、大海に書状を送った。

三

江戸城から信平に登城のお達しが来たのは、それから二日後だ。

西ノ丸に上がった信平は、善衛門が焼ける屋敷から持ち出していた裃《かみしも》を着けて、控えの間で待っていた。

家光の義弟である信平は、禄高は千四百石ながら、他の旗本とは相部屋にならず、ひとつの部屋を与えられた。

心静かに、呼ばれるのを待っていると、情報を集めに出ていた善衛門が戻ってきた。

「殿、いろいろ集めてまいりましたぞ」

それによると、旗本のあいだの噂《うわさ》では、公儀が大規模な救済をはじめ、役目のない大名には国許《くにもと》に戻ることを命じたという。

信平は疑念を抱き、首をかしげた。

「大名を江戸から離すのは、何ゆえだろう」

善衛門が即答する。

「この混乱に乗じた謀反を警戒するためです。諸大名を国許に返し、親藩《しんぱん》と譜代《ふだい》の大名には、国許で軍勢を整えるよう命じ、外様《とざま》大名には、江戸城修復のための資金を出すよう命じられたそうです」

「それでは、外様から不満が出よう」

「軍資金を削《そ》ぐためでござる。これに背《そむ》いた者は、即座に謀反を疑われますぞ」

雲行きが怪しい話だが、公儀が決めたことならば、信平にはどうにもできない。

「そこまでするのは、やはり付け火にしたいからだろうか」

「それが、まんざらでもなさそうですぞ」

善衛門の言葉に、信平は眉をひそめた。

「謀反の動きがあるのか」

「それを警戒しての、帰国命令でしょう。もうひとつ、こちらは朗報ですぞ。火事で上屋敷を失った大名と旗本には、相応の資金が援助されるそうです。これで、殿の屋敷も建てられますぞ」

「ふむ、さようか」

信平の気のない返事に、善衛門は片眉を上げる。

「嬉しくないのですか」

「民には、資金援助はないのだろうか」

「教えてくれた者に問いましたが、誰も知りませなんだ」

「つまり、米以外はないということか」

落胆を隠さぬ信平を見た善衛門が、表情を曇らせた。

廊下を隔てる障子《しょうじ》に人影が映り、部屋の前で座ったのはその時だ。

「松平殿、ご案内いたします」

善衛門が応じ、信平は共に出た。茶坊主の案内で廊下を進み、書院の間に入った。

本丸ほどではないが、西ノ丸の書院も広い。老中たちが並ぶ先に下げられた御簾《みす》の奥に、第四代将軍家綱《いえつな》が座している。

善衛門が廊下に控えて見守る中、信平は下段の間にて平伏し、まずは火事見舞いのあいさつをした。

家綱は、口上を終えた信平に言う。

「そちも無事で何よりじゃ」

「はは」

「赤坂の屋敷は残念であった。家中に死者は出ておるまいな」

「おかげさまをもちまして、難を逃れておりまする」

「不幸中の幸いじゃ。そちには、金千両を与える。早々に屋敷を再建いたせ」

信平は、黙っていた。

善衛門がひやひやした様子で見ている。

家綱が言う。

「不服か」

信平は、額が畳に付くほど平伏して礼を述べたあとで、付け加えた。

「おそれながら、お尋《たず》ねしたき儀がございます」

「申してみよ」

「御公儀は、火事により焼け出された下々の者まで、支援金を出されるのでしょうか」

「控えよ」

老中、松平伊豆守信綱《いずのかみのぶつな》が制した。声は穏やかだが、信平を見る目は鋭い。

「政《まつりごと》に口を挟むでない」

「構わぬ」

家綱が言うと、伊豆守は正面を向き、軽く頭を下げた。

代わって、阿部《あべ》豊後守忠秋《ただあき》が信平に向き、口を開いた。

「そのことは、議論を交わしている最中じゃ。見てのとおり城も焼け落ちたゆえ、この機に乗じて謀反を企てる輩が現れる恐れがある。よからぬ考えを削ぐためにも、城下、特に大名家の再建と、何より、城の再建を急がねばならぬ。それには、金がいるのだ」

伊豆守と違ってくだけた言い方をする豊後守の目は、言いたいことがあれば言えと、顔を上げた信平に語りかけていた。お初から、信平の思いを聞いているのだろう。

信平は小さくうなずき、家綱に両手をついた。

「上様、千両はいただきませぬ。どうか、焼け出された民のために、お使いくださいますよう、お願い申し上げたてまつります」

「信平殿！」

「伊豆、よいのだ」

伊豆守を制した家綱は、御簾を上げさせた。

信平は平伏する。

「面を上げよ」

「はは」

信平の顔を見た家綱が、満足したようにうなずく。そして、すぐそばに座っている保科《ほしな》肥後守正之《ひごのかみまさゆき》に言う。

「肥後」

「はは」

「そちと信平は、気が合いそうじゃな」

「はて、どうですかな」

困ったような笑みを浮かべる保科は、前将軍家光の腹違いの弟である。兄家光は、死の間際に保科を呼び、徳川宗家を頼むと遺言を残した。

感銘を受けた保科は、以後、徳川家の存続に力を注ぎ、保科正之の子孫である会津《あいづ》松平家は徳川宗家を守り、幕末には薩長軍と最後まで戦い抜いた。

「余は、決めたぞ」

家綱は、下座に控える幕閣を見回した。

「肥後が申すとおり、天守閣の再建は取りやめる。蓄財四百万両は、新しき町を造るために無駄なく使え」

若き将軍の英断に、保科をはじめ、一同が揃って頭を下げた。

信平もそれに倣《なら》って頭を下げていると、家綱が声をかけた。

「信平」

「はは」

「千両はそちに与えた物じゃ。長屋を建てるなり、好きに使うがよいぞ」

長屋と聞いて、信平は善衛門を見た。善衛門は、とぼけたように目をそらしている。

「よいな、信平」

「ありがたく、頂戴いたしまする」

信平は、家綱に頭を下げると、目の前に差し出された目録を受け取り、書院の間を辞した。

控えの間に戻るなり、善衛門が嬉しそうに言う。

「殿、三千両もあれば、長屋を建てても、屋敷を建てられますぞ」

「ふむ」

うわの空で返事をしながら、下城の支度にかかろうとしていると、

「ごめん」

声をかけて、襖《ふすま》を開けた者がいた。

頼宣側近の戸田外記《とだげき》が、頭を下げて言う。

「信平様、殿が、お目にかかりたいと申しております」

「舅《しゅうと》殿も、来られていたのか」

「はい」

「すぐにまいろう」

「それがしは、ここで待っております」

気を利かせた善衛門を残し、信平は戸田の案内に従って、頼宣に会いに行った。

顔を見るなり、頼宣は信平の腕をつかみ、奥に連れ込んだ。

「そのほう、どういうつもりじゃ」

いきなり言われて、信平は返答に困った。

「屋敷のことじゃ。何ゆえ建てぬ。松を迎える気がないのか」

詰め寄られた信平は、下がって両手をついた。

「姫のために、今は建てられませぬ」

「なんじゃと？　どういう意味じゃ」

信平は、姫がこころを痛めていると言い、屋敷よりも、民のためになることをしたいと言った。

「わたしも、姫と同じ気持ちなのです。江戸の町に笑顔が戻るまで、幸せにはなれませぬ」

「馬鹿者！」

頼宣が怒鳴ったものだから、廊下に小姓が駆け付けた。

「何ごとでござるか」

戸田が慌てて対応し、その場はおさまった。

頼宣がさらに寄って信平の顔を上げさせ、目を見て言う。

「よいか信平殿。夫婦《めおと》というものは、こういう時にこそ力を合わせねばならぬ。そなたは千四百石のあるじじゃ。民のために私財を投げ打つのは見上げたものじゃが、家来のことも考えてやらぬか。家を守らぬ者が、人助けなどできぬぞ」

「お教え胸に刻みまする。されど今は、姫の気持ちを大切にしたいのです」

「どうしても、屋敷の再建をあと回しにすると申すか」

「申しわけありませぬ」

頼宣は、信平を見据えて言う。

「松は優しすぎるところがあるが、芯《しん》はしっかりしておる。忘れたか、そなたに会うために、わしを騙《だま》して市中へ出かけるほどじゃぞ」

「はい」

「好いた者のそばにおれば、こころも晴れよう。民を救うなら夫婦でやれ。わしとこれから城をくだり、松を迎えに来ぬか」

信平は、驚きの目を上げた。

「しかし姫は、今は共に暮らすことを控えたいと、文に書いてございました」

「屋敷もありませぬから、迎えても苦労をかけてしまいます」

「分かっておる」

言われて頼宣もそう思ったらしく、引き下がった。

信平は、何も言わなくなった頼宣に頭を下げ、部屋から出た。

見送った戸田が、頼宣のもとに戻って片膝をついた。

「殿、あのことをおっしゃらずともよろしいのですか」

「よい。姫も姫なら、信平も信平じゃ。人のことばかり心配しおって。これではいつまで経っても、夫婦になれぬわい」

今まで散々邪魔をしておいてよく言えたものだと言いたいのか、戸田はちらりと頼宣を見た。

「なんじゃ」

「いえ」

「ふん、言いたいことは分かっておるわ。姫の笑みを取り戻せるのは信平しかおらぬと思うたから言うたまでじゃ」

「おそれいりました」

「どいつもこいつも、親の気持ちが分かっておらぬ」

「おっしゃるとおり」

「帰るぞ」

「はは」

立ち上がった頼宣は、戸田をじろりと見下ろした。

「帰国日が決まった」

戸田は目を見張った。

「いつでございますか」

「一月後《ひとつき》じゃ。その前に早馬を走らせ、国家老に命じていつでも出陣できるよう支度をさせよ」

「ではやはり、謀反がございますか」

「たわけ、謀反を起こさせぬために兵を整えておくのじゃ。よいか、わしに命じられたということは、由井事件以来の疑いが晴れたのじゃ。なんとしても、謀反など起こさせぬよう、紀州に頼宣ありと、天下に示すのじゃ」

「承知いたしました」

紀州徳川家をはじめ、親藩と譜代大名の動きが慌ただしくなる中、公儀の威信をかけた復興がはじまろうとしていた。

公儀から謀反の疑いをかけられてはたまらぬと、諸藩はこぞって復興に力を注ぎ、国許から職人など、多くの人を送らせた。

陣頭指揮を執《と》った保科肥後守は、火事に強い町を造るために、大目付であって、洋式の測量術を修得している北条氏長《ほうじょううじなが》に命じて、焼け野原となった江戸市中の実測を命じた。

正確な図を作り、大名屋敷の配置換えを行なうと共に、火除《ひよ》けのための空地を造り、道幅を広げる計画なのだ。

江戸城西ノ丸からくだった信平は、善衛門から話を聞きつつ、この先、江戸の町がどのように変わるのか案じながら、青山の葉山家に帰っていた。

その後ろに怪しい人影が付いたことには、まったく気付いていなかった。

信平が葉山家の別邸に入るのを見届けた曲者《くせもの》は、原宿村の空き家で打ちのめした人攫いの二人だ。売り物になる女子供を物色して市中をうろついていた時、恨みがある信平を見つけたのである。

屋敷の表が見張れる茂みに身を隠した曲者は、相談をはじめた。

「おれはここで見張っている。お頭《かしら》に知らせろ」

「奴は今日、裃を着けていますぜ。公儀の者だったら、厄介《やっかい》じゃないですかい」

「余計なことを考えずに、お頭に言われたとおりにしてりゃいいんだ。早く行け」

茂みから突き出された男は、一目散に走り去った。

四

「何、狩衣の野郎を見つけただと」

青山原宿村の隠れ家に戻った手下の知らせを受けて、人攫いの頭、大隅《おおすみ》の小次郎《こじろう》が囲炉裏《いろり》の前に片膝を立てた。その途端に大きなくしゃみをして、頭からどてらを被った。手を囲炉裏の火で温め、身震いした。

「野郎のせいでこのざまだ。ただじゃおかねえ」

鼻水をすする小次郎に、手下が言う。

「それからお頭、取り逃がした例の女どもも一緒です。どうやら、宿を貸しているようですぜ」

「そいつはいい。先生、頼みますぜ。めったに拝めねえ上玉だ。狩衣野郎をばっさりやって、女を連れ戻してくださいよ」

たくらみを含んだ目を向けると、三人の浪人者がうなずき、湯呑みの酒を干した大柄の浪人が、鋭い目を向けた。

「他の仕事の邪魔になるなら、今からやってもよいぞ」

「油断は禁物ですぜ。猿のようにすばしこいですからね」

小次郎がそう言うと、手下が口を挟んだ。

「それからお頭、狩衣の野郎、今日は袴を着けてやがります」

すると、浪人たちが顔を見合わせた。

顎髭の浪人が問う。

「おい、人違いをしておるまいな」

「顔は間違いねえ。忘れるもんですか」

「待て」

痩《や》せた小柄の浪人が、考える顔をした。

「公家のような身なりをした旗本がいると聞いたことがある」

すると、顎髭浪人が言う。

「思い出した。公家の身分を捨てて旗本になった、将軍家光の義弟だ」

酒を飲もうとしていた大柄の浪人が、顔色を一変させた。

「まことか」

「うむ」

大柄の浪人が、戸惑いがちに言う。

「そのような者を斬り殺せば、我らは地の果てまで追われるぞ」

小次郎が苛立ち、床に茶碗をたたきつけた。

「何を恐れていなさるんです先生。先生方は、徳川に藩を潰されたせいで、食い詰めているんじゃないですかい」

「そ、それは、そうだが」

「おれが斬ろう」

三人の浪人たちが躊躇う中、一人離れて酒を飲んでいた浪人が口を開いた。

この男は、名を片畠重正《かたはたしげまさ》といい、小次郎が品川《しながわ》で見つけた剣客だ。

半年前、酒に酔った浪人数名が、中年の薄汚れた片畠を目に止め、鞘が触れたと呼び止めた。金を奪おうというのではなく、斬り合いを求めての言いがかりだ。

物静かな片畠は素直に詫び、立ち去ろうとした。だが、荒くれ者が許すはずもなく、片畠を取り囲むと、一人が刀を抜き、いきなり斬りかかった。

何がどうなったのか、見ていた小次郎には分からなかった。

浪人が刀を振り上げた刹那《せつな》、片畠は抜刀し、すぐに鞘に納めた。ぱちりとはばきを鳴らすと、浪人者が呻き声をあげて倒れたのである。

仲間の浪人者が殺気立ち、一斉に斬りかかった。

片畠は顔色ひとつ変えずに、次々と相手を斬り殺した。

頼りになる用心棒を探していた小次郎は、目を輝かせて片畠に近づき、高額で雇い入れたのだ。

その片畠が名乗り出た。

小次郎は喜び、身を乗り出す。

「やってくれますか」

「うむ」

片畠が二つ返事で承諾すると、小次郎がほくそ笑んだ。

「その前に、女をいただきますぜ。おうてめえら、狩衣野郎が出かけたら教えろ」

手下に見張りを命じると、すぐさま出ていった。

小次郎は、三人の浪人を順に見て言う。

「先生方は、おれと来てください。片畠の旦那は、狩衣野郎が戻ってきたところをばっさりとやってください」

「心得た」

「これで狩衣野郎はおしまいだ」

小次郎はそう言い終えると、また大きなくしゃみをした。


信平は、将軍に謁見した日から葉山邸に籠《こ》もり、何をすべきか考えていた。この二日のあいだに、松姫に文を書き、江戸の空に笑い声が戻る日を信じて、身体の自愛をするよう願った。

大海が葉山家に現れたのは、そんな日の昼過ぎだ。

「殿、大海殿が外でお待ちですぞ」

善衛門が呼びに来たので、信平は玄関に向かった。

大海が玄関先で片膝をつき、頭を下げた。

「荷を運んでまいりました」

木戸門の外で、馬の鳴き声がした。

善衛門が建てた別邸は、武家の下屋敷と言えるほどのものではなく、門も木戸で狭く、垣根も土塀ではなく、板塀だ。

大海は、狭い門を馬が通れぬので外に待たせていると言い、信平に見てくれるよう促した。

馬は、一頭だけだった。

信平が、家を失った者たちを助けると聞いて、米を小判に替え、一頭の馬に載せて運んできたのだ。

「殿、米の値段が上がっておりましたので、ぎりぎりのところまでかき集めて、三千二百両になりましたぞ」

「それはありがたいことだが、領民に無理を強いてはおるまいな」

「無理を言うも何も、出さなくてもいいと言うのに、進んで持ってくるのです。この者は、殿のためなら飢え死にしてもいいと言うほどですから、頼もしい限りです」

信平は、大海の供をしてきていた村の若者に、頭を下げた。

「かたじけない」

「も、もったいねぇ。殿様は村を救ってくださったのですから、こんな時こそ恩返しをしねぇと、ばちが当たります」

「とまあ、こういうわけです」

大海が白い歯を見せ、木戸門の前にいる馬に歩み寄って、背に載せている荷物をたたいた。一見すると俵《たわら》だが、それは盗賊の目を欺くためであり、中は小判が入っていると言う。

ひとつ千両と聞いて、善衛門が数えた。

「殿がいただいた分を合わせて四千二百両ですな。これだけあれば、長屋もたくさん建てられましょう」

「もう建てるところは決まっているのですか」

大海に訊かれて、

「これから探すところじゃ」

呑気《のんき》に答えた信平に、善衛門が教える。

「殿、外堀の内側は、公儀が測量をしている最中ですので、勝手に建てられませぬぞ」

「麿に考えがある。明日、深川《ふかがわ》へ渡るつもりじゃ」

「深川？」

「立木屋《たつきや》の、弥一郎《やいちろう》殿に頼んでみようと思う」

「おお、あの者なら、きっと力になってくれましょう」

立木屋弥一郎は、増岡弥三郎《ますおかやさぶろう》の兄であるが、信平が四谷に渡って以来無沙汰《ぶさた》をしていたかというと、そうではない。弥一郎は、弟の友であり、恩人でもある信平の屋敷に、旬の物を届けることを忘れなかったのだ。

なかなか深川に渡れぬ信平であるが、弥一郎の厚意に礼の文を送り、付き合いを続けていた。そして時々、関谷《せきや》道場にも便りを送って、世話になった礼を欠かしていない。

弥一郎は深川の町造りに力を注ぎ、今では、深川のみならず、本所《ほんじょ》にも多くの土地を持ち、江戸の材木問屋のあいだでも名が知られるようになっていた。

その立木屋の力を借りるために、信平は深川に行くことにしたのである。

信平の意志を知った大海が、申し出た。

「殿がお出かけのあいだ、それがしがここに残り、佐吉殿と共に金蔵を守りましょう」

「そうしてくれると助かるが、領地のことは大丈夫か」

「しばらく江戸に残るつもりで、庄屋連中に頼んであります」

「さようか。では、頼む」

「はは。さっそくではございますが、荷を下ろす前に、一仕事いたします」

言うなり鋭い目つきとなった大海が、家来に持たせていた弓を取り、矢を番《つが》えると空に放った。

「大海殿、何をしておる」

善衛門が訊くと、大海は笑って、弓を家来に投げ返して言う。

「蔵を狙う鼠《ねずみ》を追い払おうと思いましてな」

「鼠？」

善衛門がいぶかしげな顔をして、矢が飛んで行った先を見た。

矢は枯れすすきの茂みに吸い込まれたが、なんら変わったことは起きなかった。

「鼠がおったか」

信平が問うと、大海は笑みを浮かべてうなずく。

この時、茂みに潜んでいた人攫いの手下は、目の前に矢が突き刺さったのにぎょっとして、慌てて逃げていた。

「もう去ったようです。さ、荷を運びますぞ」

大海はこともなげに言い、家来たちと馬から荷を担ぎ降ろし、中へ運び入れた。


信平は翌日、善衛門と共に深川に渡った。

深川八幡宮《はちまんぐう》門前の摩利支天《まりしてん》河岸《がし》に着けた舟から降りて見ると、町の様子は、ずいぶん変わっていた。

深川八幡宮に避難してきたと思われる人々が目立ち、境内で出される食べ物を求めて列をつくっていた。

門前の友林堂《ゆうりんどう》は、店の者が通りに出て、一人一個と言いながら、草餅を配っていた。

「これは、大変なことになっておりますな」

善衛門は言いながらも、人々に食べ物が渡っているのを見て安堵の表情を浮かべている。

友林堂の店先には、緋毛氈《ひもうせん》が敷かれた長床几《しょうぎ》が置かれていた。そこにおなごが腰かけて、名物の草餅を分けてもらい、嬉しそうに食べているのだ。

信平は、おなごがうつむいている姿を見て、松姫が桔梗屋《ききょうや》の娘と偽り、会いに来たのを思い出した。

侍女の糸《いと》が信平にあれこれ訊いていた時、隣で顔をうつむけていた松姫の姿が目に浮かんだ信平は、無性《むしょう》に会いたくなり、胸が締め付けられた。

「姫……」

ぼそりと言ったのが耳に入り、善衛門は信平の横顔を見た。

寂しそうな顔を見て、善衛門は声をかけるのをやめ、小さなため息をついた。

そんな時、信平と善衛門の耳に、行列に並んでいた男たちの噂話が入った。

「聞いたかい、あの大火事は、妖《あや》し火だってよ」

「なんだいそりゃ」

「なんでも、死んだ若い娘の怨念が宿った振袖《ふりそで》を、本妙寺の和尚が供養のために燃やそうとしたら、火が付いたまま空に舞い上がって、屋根に火が付いたらしいぜ」

男の声が大きいものだから、周囲の者が驚き、静まり返った。

「お前さん、見たのかい？」

「見ちゃいないよう。聞いた話だ」

「いってぇ、誰がそんなこと言ったんだい」

「誰って、そんなの知らねえさ。おいらも噂を耳にしただけだもの」

「怖いねぇ。気味が悪いからそんな話をするんじゃないよ」

「ああ、くわばらくわばら。誰か、塩持ってねえかい。兄さんにぶっかけてやんな」

皆から責められた男は怯《ひる》み、その場から逃げ去った。

善衛門が、口をむにむにとやりながら言う。

「つまらぬ噂を立てる者がおりますな」

「あるいは、寺の者があえて流したのやもしれぬな」

「殿、それはどういうことです」

「失火ならば、火元になった家は厳罰を受けねばならぬ。これだけの被害だ。火元のみならず、町役人《まちやくにん》にも累《るい》が及ぶであろう。それを逃れるために、火が付いた振袖が空を舞ったなどと言い、妖し火のせいにしようとしているのかもしれぬ」

「なるほど、そうなると、誰も裁くことはできませぬな」

「人がしたことなら恨みが生じ、世が乱れるが、妖しき物の仕業ならば、人はその怒りを鎮《しず》めようと拝むであろう」

「言われてみれば、確かに」

男が去ったあと、噂は行列に伝わり、聞いた者の中には、祟《たた》りを恐れて手を合わせる者がいた。

それらを見て、信平は言う。

「公儀の思惑なのか、あるいは仏に仕《つか》える者の考えか、いずれにせよ、謀反による付け火の噂よりは、よほどよい」

「振袖のことがまことなら悲しい話ですが、作り話なら、殿が申されるとおり、謀反の噂よりはましですな」

江戸の方角に手を合わせる者たちに並び、信平も手を合わせて目を閉じ、念仏を唱えた。

「殿、ひと雨来そうですぞ。道場へ急ぎましょう」

「うむ」

目を開けると、信平は空を見上げた。

同じ鈍色《にびいろ》の空の下で、曲者どもが善衛門の別邸へ攻め込もうとしていることを、信平が知る由《よし》もなかった。

第二話　狙われた四千両

一

冷たい雨が降りはじめた。

空気が乾ききり、埃で霞んでいた江戸にとっては、恵みの雨である。

しかし、枯れすすきの茂みに潜む曲者どもにとっては、ありがたくない雨であった。

「ち、降ってきやがった」

頬被りをした大隅の小次郎が、空をあおぎ見た。

「片畠の旦那、とっとと終わらせてくださいよ」

「まかせておけ」

片畠重正が首巻を上げて鼻と口を隠し、立ち上がった。

浪人三名がそれに続き、茂みから姿を見せると、葉山家の別邸に走って行く。

痩せた小柄の浪人が先に行き、木戸門に忍び寄ると、耳を当てて中の様子を探った。そして後方に手を振り、大丈夫だと合図を出すと、二人が走り寄り、片畠は、悠々《ゆうゆう》とした足取りで向かった。

大柄な浪人が、持っていた大木槌を振り上げた。

門といっても、薄っぺらい木板で造られた目隠し程度のもの。木槌で容易《たやす》く打ち破られる。

力いっぱいに振り下ろそうとしたが、

「待て」

顎髭の浪人が止め、木戸を指差す。

木戸は閂《かんぬき》がかけられておらず、少し開いていたのだ。

顎髭の浪人が手を当て、そろりと押すと、不用心にも開くではないか。

顎髭浪人と痩せ浪人が顔を見合わせ、ほくそ笑む。

「ここで待っていろ」

痩せ浪人が刀の鯉口《こいぐち》を切り、ぎらりと抜いた刀を右手に下げ、木戸を開けてそっと忍び込む。耳で中の様子をうかがい、獲物を狙うようなぎょろ目を走らせ、気付いた者がいないか探った。母屋と離れがあるのは、事前の調べで分かっている。狙う女どもが離れに出入りしている姿は、低い垣根ゆえに、小高い丘からは丸見えだった。狩衣の男と老翁《ろうおう》の侍は出かけ、残っているのは侍が二人と、小者が三人。あとは、匿《かくま》われている者たちのみ。

中を調べた痩せ浪人は、そっと外に出て言う。

「妙だぞ、やけに静かだ」

「気付かれたか」

片畠は警戒したが、

「そんなはずはない。気付いておれば、狩衣野郎は出かけぬはずだ」

顎髭の浪人が言うと、

「恐れることはねぇ。さっさと終わらせようぜ」

大柄の浪人が大木槌を捨て、刀を抜いた。

「よし、一気に攻め込むぞ」

顎髭の浪人が指図し、自ら先頭に立って押し入った。

片畠は、三人が庭から屋敷の中へ忍び込んだのを見届けてあとを追ったのだが、忍び込んだうちの一人が、障子を突き破って庭に転げ落ちた。

落ちたのは痩せ浪人だ。腰を押さえて、痛みに呻いている。

座敷では、顎髭の浪人と大柄の浪人が、一人の女を挟み、刀を構えていた。

女は、切っ先を向ける曲者どもに抜かりなく目を配り、胸の前で懐剣を構えていた。

「待て」痩せ浪人が言い、立ち上がった。「女だと思って油断した。その女はおれがいただく」

舌なめずりすると、濡れ縁に飛び上がり、刀を峰に返して構えた。生け捕りにしようというもくろみだ。

女は、女中のようであるが、ただ者ではない。

そう覚った片畠は、痩せ浪人が敵う相手ではあるまいと思いながらも、周囲に気を配った。そして、離れから人が出てくるのを見て、ぎょっとした。慌てて顔を隠し、

「ここはまずい。引け！」

浪人どもに告げた片畠は、返事も待たずに門外へ逃げた。

「おい、誰だあれは」

門から曲者が出てくるのを見て、大海四郎右衛門が立ち止まった。

江島佐吉が、走り去る男の手に抜身の刀を見て、

「やや、盗っ人か」

獲物の鳥を捨て、慌てて走った。

佐吉は、大海と、大海の家来らと共に、山鳥を捕まえに出かけていたのだ。

「お初殿！　お初殿！」

大声で叫びながら帰ってみると、庭に倒れて呻き声をあげている浪人どもの前に、お初が立っていた。

お初は、曲者の気配を察して家の者を奥に隠し、一人で戦ったのである。

「お初殿、怪我はござらぬか」

佐吉にきつい目を向けたお初は、黙ってうなずき、懐剣を鞘に納めた。

倒された浪人どもは、急所を攻撃されたらしく、股を押さえて真っ青な顔をし、泡を噴いている。

佐吉たちから逃れようと地べたを這ったが、

「逃げた野郎のねぐらを吐かせてやる」

捕らえて縄で縛り、三人とも物置に放り込んだ。

「それにしても、お初殿はたいしたものだ」

大海は、小柄なお初が大の男を三人も倒す姿が想像できないのだろう。感服して言うと、お初は笑いもせずに、獲物を催促した。

「相手が弱いだけです。それよりも、鳥を捕まえましたか」

「おお、獲れたとも。大きいのがいたぞ」

佐吉が捨てた獲物を合わせて六羽の山鳥を渡すと、

「では、さっそく皆さんに食べていただきましょう」

お初はそう言い、離れに暮らす者たちに力が付く物を食べさせるために、台所に向かった。行きかけて立ち止まり、大海に言う。

「先ほど、信平様から知らせが来ました。二、三日関谷道場にお泊まりになるそうです」

「さようか。さて、曲者をどうするか」

大海が迷っていると、お初がつんとした顔で告げる。

「信平様は被災された方々のことで走り回っておられます。お知らせしないほうがよろしいかと」

立ち去るお初の背中を見ていた佐吉が、ぼそりとこぼす。

「今日のお初殿は、一段と機嫌が悪いのう」


「片畠の旦那、どうなされたんです」

戻ってきた片畠に、小次郎が不機嫌に声をかけた。

殺気に満ちた子分どもが、片畠を取り囲むように近づいてくる。

小次郎が子分どもを止め、片畠に問う。

「まさか、しくじったんじゃないでしょうね」

「そのまさかだ。相手は手強い。悪いことは言わぬ。ここはあきらめろ」

「他の先生は、どうされたんです」

「知らん。おれが逃げるので精いっぱいだ」

片畠は、隠れ家に帰ると言って離れた。

「頭、どうしやすかい」

子分に言われて、小次郎が舌打ちをした。

「仕方ねぇ。今日のところは引き上げる」

「あの上玉をあきらめるんですかい」

「片畠の旦那が命からがら逃げてきたと言ってなさるんだ。どうしようもねぇだろうが」

小次郎は、葉山家の別邸に恨みを込めた目を向けて、茂みから身を引き、片畠を追って隠れ家に帰っていった。

二

関谷道場を訪れていた鷹司松平信平は、葉山善衛門と共に奥の部屋に入り、道場主の関谷天甲《てんこう》と、久々に会っていた。

善衛門の友である関谷天甲は、信平が深川に暮らしていた時に世話になった人だ。

武芸には厳しいが、温厚な性格の人物で、門人はもちろん、町の連中からも慕われている。善衛門と共に初めて道場を訪れた信平を一目見た時に、関谷は、剣の腕を見抜いていたが、それをひけらかさぬ信平に一目《いちもく》置いていた。

その信平の顔を見るなり、関谷は目を細めて喜んだ。

「無事でようござった」

「久しく、ご無沙汰をしておりました」

信平が頭を下げると、関谷も頭を下げた。

「増岡から聞いておりますぞ。赤坂御門内の屋敷は、残念な事態でした。まことに、酷い火事でしたな。しばらく、深川の屋敷へ住まわれますか」

「いえ、今日は、用があってまいりました」

信平は、深川に渡ったわけを話した。

関谷は、家屋敷を失った民のために私財を投げ打とうとしている信平に感銘した。

そういう関谷も、避難してきた人々に道場を開放し、今も、大勢の人の面倒を見ている。

信平は言う。

「ここに来れば、弥三郎がいるかと思うたのですが」

「増岡は、遅くまで皆の世話をしておりましたのでな。屋敷に帰らせて、休ませているところです。そろそろ起きていましょうから、呼びに行かせましょう」

「おそれいります」

関谷が人を呼び、増岡家に使いを出させた。そして、改めて信平を見て言う。

「いやぁ、それにしても立派になられた。見違えるようですな」

「そうでござろう天甲殿。殿は、今では、左近衛少将《さこんえのしょうしょう》ですからな」

関谷は、自慢げに言う善衛門にうなずき、笑った。

「葉山殿は、すっかり信平殿の家来のようですな」

「そう見えるか」

「見えますとも。小うるさい用人《ようにん》のようですぞ」

「小うるさいは余計じゃ」

善衛門は不機嫌に言いながらも、嬉しそうな顔をした。

関谷が信平に言う。

「よろしければ、長屋を建てる目途《めど》が立つまで、ここへ逗留《とうりゅう》されませぬか。青山から通うのは骨が折れましょうし、門人も喜びます」

「殿、そのほうがよろしいですぞ」

善衛門は、信平がそうするなら自分も逗留する考えだ。

確かに関谷の言うとおり、青山から通うのは遠い。そこで信平は、関谷の厚意に甘えると決め、門弟に頼んで、逗留を知らせに青山まで走ってもらった。この時はまだ、別邸が襲撃されようなどとは、夢にも思っていなかったのである。

増岡が道場に現れたのは、日暮れが近くなった頃だ。

信平が会いたがっていると聞いた増岡は、道場へ来る前に実家の立木屋へ寄り、兄の弥一郎を連れてきていた。

「信平さんが会いたいのは、わたしではなく兄であろうと思いましてね」

機転が利く弥三郎に、信平は礼を述べた。

弥三郎は微笑んで応じ、廊下に向いて声をかける。

「兄さん、こちらへ」

遠慮して控えていた兄弥一郎が廊下で正座し、信平に頭を下げた。

「信平様、お久しぶりでございます」

「わざわざ、すまぬ」

「何をおっしゃいます。このたびは、災難でございました。これは、ほんのお見舞いでございます」

差し出された袱紗《ふくさ》には、五十両の小判が包まれていた。

信平は受け取らず、押し返そうとしたが、横から善衛門が手を伸ばした。

「立木屋殿、かたじけのうござる。これは、民のために役立てさせていただきますぞ。よろしいですな、殿」

返答を待たずに、懐に入れた。

信平はひとつ空咳をして、立木屋に言う。

「実は、そなたに頼みがあってまいったのだが」

「はは、心得ておりますぞ。屋敷の再建のことでございますな」

「うん？」

「これをご覧ください」

弥一郎は、絵図面を広げた。武家屋敷の図面だ。

どうやら、信平のためを思った弥三郎が手を回したらしく、簡単な図面を用意してきていた。

弥三郎が言う。

「松姫をお迎えするためにも、一刻も早く屋敷の再建をしたいのでしょう。これは、武家屋敷を多く建てている大工の棟梁《とうりょう》に頼んだ物です」

弥三郎に続き、弥一郎が目を細めて言う。

「これでよろしければ正式な物をご用意しますが、いかがですか」

信平は恐縮した。

「せっかくだが、建ててもらいたいのは麿の屋敷ではないのだ」

弥三郎と弥一郎が困惑した顔を見合わせた。

弥三郎が訊く。

「信平さんの屋敷も焼け落ちたというのに、他の家を心配している時ですか」

信平は苦笑いをした。

「それは、そうなのだが」

「松姫が、待っておられるのでは？」

「松姫も麿も、火事で苦しむ者たちの助けになりたいのじゃ」

「まさか、屋敷の再建をあと回しにするつもりじゃ」

信平がうなずくと、弥三郎は訊く。

「一緒に暮らせるというのに、本気で先延ばしにするのですか。松姫も、納得されたのですか」

「人助けは、民を想う松姫のためでもある。松姫は逃げる際に、惨状を見てこころを痛めているのだ。その気持ちを楽にするためにも、一日も早く、人々の暮らしを元に戻したい。そのために、力になりたいのだ」

弥三郎は、真面目な顔でうなずいた。

「確かに、逃げてきた人たちを見ていると、胸が痛む」

弥一郎が神妙に言う。

「わたしたちは、とんだ早とちりをいたしました」

弥一郎はちらりと弥三郎を見て、絵図面を下げた。そして続ける。

「他ならぬ信平様のためです。わたしにできることでしたら、なんなりとお申し付けください」

信平はさっそく切り出した。

「空いた土地に、長屋を建ててほしいのじゃ」

弥一郎が驚いた。

「長屋を、でございますか？」

「うむ。深川に、よい空地はないか」

「ないことはありませんが、またどうして長屋なのです？」

「家を失った者たちを、住まわせたいと思う」

弥一郎は、感心したようにうなずく。

「さようですか。庶民のために屋敷の再建をあと回しにされるとは、信平様らしい」

信平は、改めて言う。

「四千両で、長屋を建てられるだけ建ててほしい」

「四千両ですか」

「いえいえ、長屋ならば、土地さえあればそこそこの戸数になります。ですが、ほんとうによろしいので。四千両もあれば、立派な御屋敷が建てられますが」

「足りぬか」

「麿はよい。すぐかかれるか」

「江戸がこのありさまですから、大工など、人手が確保できるかが問題です。すぐに動いてみますが、建てる場所は、深川でよろしいので？」

「他に、思いつかぬのじゃ」

「かしこまりました。手前が所有している土地でよろしければ、そこへ建てましょう」

「そう言うてくれると思い、そなたを頼った。四千両を届けさせるゆえ、よろしく頼む」

「承知しました。店賃のことは、長屋が形になってから決めましょう」

「店賃？」

「はい。住まわせる者から店賃をいただかないと、信平様の四千両を取り戻せませんから」

「麿は、焼け出された者から店賃を取るつもりはない」

弥三郎が口を挟んだ。

「信平さん、それはいくらなんでも人が好《よ》すぎる。店賃を取らないと、いつまで経っても屋敷が建ちませんよ」

「弥三郎、少し黙っていなさい」

弥一郎に止められて、弥三郎は不服そうな顔をしつつも口を閉ざした。

弥一郎が穏やかに言う。

「お気持ちはよう分かりました。手前に万事おまかせください。できるだけのことをいたしましょう」

信平は頭を下げた。

「よろしく頼む」

弥一郎は慌てて平伏した。

「もったいない。どうか頭をお上げください。少将様が、庶民に軽々しく頭を下げられては困ります」

頭を上げた信平は、微笑んだ。

弥一郎も微笑み、信平は、弥三郎と三人で笑った。

善衛門と関谷が加わったところで、これからの打ち合わせに入った。

まずは弥一郎が、今の事情を教えてくれた。

それによると、江戸市中の再興は浅草《あさくさ》界隈の材木問屋が中心に動きはじめており、深川の材木問屋には、今のところ、材木を出すよう公儀からのお達しは来ていないという。深川の町造りに尽力していた立木屋は、材木を大量に買い付けていたため、十分な蓄えがあるのだ。

明日から人手を集め、長屋を建てる段取りをはじめると言ってくれた立木屋は、居住まいを正して、信平に申し出た。

「是非とも、この立木屋弥一郎に、御屋敷の再建をさせてください。いえ、金はいつでも結構ですので、弟弥三郎を救っていただいた恩返しを、させてください」

信平は恐縮した。

「長屋だけで十分じゃ」

「足りませぬ。弥三郎がここまでになったのは、関谷先生と信平様のおかげ。特に信平様は、真島一之丞《ましまいちのじよう》たちから弥三郎を救ってくださいました。そうでなければ、弥三郎は生きていなかったのですから」

「信平さん。どうか、兄の申し出を受けてください」

ずいぶん前のことをいまだ恩に着ている兄弟は、並んで頭を下げた。

信平は困った。

「二人とも、頭を上げてくれ。気持ちだけいただく。先ほども申したように、江戸の民に笑顔が戻るまでは、屋敷を建てる気はないのじゃ」

「笑顔ですか」頭を上げた弥一郎が、残念そうな顔をした。「酷い火事でしたから、すぐにというわけにはいかないでしょう。でも、御屋敷が建つ頃には必ず笑顔が戻ります。笑えないままでは、人は生きてはいけませんから」

善衛門がここぞとばかりに口を挟んだ。

「殿、弥一郎の言うとおりですぞ。屋敷の再建をするには、少なくとも一年はかかるのですから、完成する頃には、民の暮らしもようなっておりましょう」

弥一郎の言葉に救われた気がしていた信平は、善衛門にうなずき、弥一郎に言う。

「まことに、屋敷が完成する頃には、民に笑顔が戻っておろうか」

「必ず」

弥一郎は、力強くうなずいた。

関谷が言う。

「それがしも、立木屋と同感にござる。信平殿のように、民のために尽くそうとする者がおる限り、笑顔は必ず戻りますぞ」

信平は、その頃には松姫の気持ちも落ち着いているかもしれないと思った。

「殿、屋敷を再建しましょうぞ」

善衛門が言うと、弥三郎が続いた。

「信平さん、うんと言うてください」

関谷が、そうしろという顔でうなずく。

皆に背中を押されて、信平は屋敷の再建を決断した。

「では、頼むとしよう」

弥一郎が明るい顔をした。

「かしこまりました。長屋と共に、段取りを進めます。弥三郎、手伝ってくれるね」

「もちろんです」

弥一郎がうなずき、信平に向く。

「信平様、長屋を建てる土地をご覧になりますか」

「うむ。見てみたい」

「かしこまりました。明日、ご案内いたします。今夜は是非、手前どもの家にお泊まりください。離れがございますから、好きに使ってください」

信平が返事をする前に、関谷が言う。

「信平殿、そのほうがよい。何せ我が家は女手もござらぬので、たいしたおもてなしができませぬからな」

信平は、関谷が避難者の世話で手一杯なのだと思い、立木屋に行くことにした。

「善衛門」

「はは」

「共にまいろうぞ」

「いえ、それがしはここに泊まらせていただき、明日の朝一番に青山に帰り、金を運んでまいります」

「さようか。では、頼む」

「はは。殿、くれぐれもお気をつけくだされ」

「うむ」

信平は、関谷に礼を述べ、道場をあとにした。

三

その夜、青山の葉山家別邸では、佐吉とお初と、大海と家来が手分けをして、夜通しの警固《けいご》をしていた。

何しろ同じ敷地内には、避難者と、それを狙い失敗した曲者どもを捕らえており、さらには、四千両ものお宝が積まれている。

これを少ない人数で守らなくてはならぬので、一時たりとも気をゆるめることができなかった。

襲撃者四名のうち三名を捕まえたことで、一旦は逃げ去った一味であるが、日が暮れて間もなく、枯れすすきの茂みに、潜む者がいた。

「まだいるか」

佐吉が、門を守る大海に、夜食のにぎり飯を届けた。

「うむ。気配がある」

答えた大海が、大玉のにぎり飯を見て、佐吉に苦笑いを浮かべた。

「わしがにぎったのではないぞ。おつうがにぎってくれたのだ」

佐吉はそう言って、小さいほうを一口で食べると、踏み台に上がり、門扉の上から外の様子を探った。

「暗くて見えぬ。何人だ」

「分からぬ。分からぬが、確かにいる。捕らえた曲者は」

「呑気なものだ。飯を与えたら静かになった。眠っておるのだろう」

「何もしゃべらずじまいか」

「うむ」

「となると、一味の頭は相当に恐ろしい野郎のようだな」

「襲ってきたのは、殿がこらしめた輩の仲間に違いない。ただのごろつきだ」

「だといいのだが」

大海は、運び入れた大金を狙っての襲撃だとは思っていないが、しつこく狙ってくる相手が不気味だった。

「こんなことになるなら、昼間のうちに奉行所に知らせるべきだったな」

佐吉は手をひらひらとやった。

「今は、江戸市中の警戒でそれどころではあるまい。お初殿が言うには、大火事の混乱に乗じて悪さをする輩が増えているらしいからな。自分で守るしかない」

佐吉と大海が外を見張っているあいだ、お初は、奥の一間に籠もり、金を守っていた。

曲者どもを押し込んだ物置小屋は、大海の家来が見張っていたのだが、昼間の疲れも重なり、うとうとしていた。

「おい、眠っておるのか」

見廻りをしていた同輩が声をかけて起こした。

「すまん、つい」

「気を抜くな」

「それにしても、この人数ではきつい」

「確かに、四千両を守るだけでも気をつかうというのに……」

「おい、声が大きいぞ。奴らに聞かれたらどうする」

「大丈夫だ。眠っておろう」

「油断は禁物だ」

「分かった、分かった」

「逃げられぬようしっかり見張れ。眠るなよ」

「眠るものか」

「おれはもう一回りしてくる」

家来はそう言うと、離れのほうへ歩を進めた。

その様子を、物置小屋の板壁の隙間から見る目がある。

ぎょろ目を外に向けているのは、痩せ浪人だ。

瘦せ浪人は、日が暮れるのを待って、手足を縛っていた縄を解き、逃げ出す機会をうかがっていた。

大柄の浪人も、顎髭の浪人も縄を解かれ、息をひそめている。

外の様子を探っていた瘦せ浪人が、見張りの男がふたたびうたた寝をはじめたのを見て、暗がりに顔を向けて合図を出した。

大柄の男が小屋の裏の木板を蹴破り、外へ逃げ出した。

音に飛び起きた大海の家来が、何ごとかと周囲を見回し、小屋の裏へ走った。

「や！　おのれ！」

気付いた時には、瘦せ浪人が裏の垣根を越えて逃げ出すところだった。

「逃げたぞ！」

大声をあげてあとを追ったが、屋敷の裏手は田圃が広がっている。逃げた三人は、星ひとつない空の下で闇の中に走り去り、たちまち見失ってしまった。

翌朝、深川から戻った善衛門は、しょんぼりとうな垂れる大海の家来を前に、佐吉から、何ごとがあったのか知らされた。

大海が、家来の前に出て頭を下げた。

「まったくもって、それがしの油断にござる。信平様になんとお詫び申し上げればよいか」

「大海殿、金を盗まれたわけでもなく、町の衆も無事なのだ。殿はお許しくださる。家来を責めてはならぬぞ」

「はは」

善衛門は、うな垂れる家来に顔を向けた。

「これ、名はなんと申す」

「知恵蔵《ちえぞう》と申します」

「知恵蔵、金のことを聞かれたかもしれぬというのは、まことか」

「寺島《てらしま》さんに軽口をたたいたのを、聞かれているかもしれません」

善衛門が顔を向けると、大海の家来の寺島が、厳しい顔でうなずいた。

善衛門は舌打ちをして、顔をしかめる。

「それはまずい。金を深川に運ばねばならぬが、下手《へた》に動くと途中で襲われるかもしれぬな」

「では、長屋の話がついたのですか」

佐吉に訊かれて、善衛門はうなずいた。

「殿の人柄のおかげじゃ。立木屋のあるじは悪い顔ひとつせず、殿の頼みを受けてくれた。それだけではないぞ、御屋敷の再建も決まった。殿が思い直されたのじゃ」

「おお」

大海が表情を明るくした。

佐吉が落ち着きのない様子で訊く。

「いつにござる」

「長屋を建てたあとゆえ、完成は、新年を迎える頃であろうかの」

「では、急がねばなりませぬな。盗賊どもはそれがしが蹴散らしてやりますので、金を運び出しましょう」

「待て待て、ここを手薄にするわけには参らん」

善衛門が、町の衆を守らねばならぬと言い、どうするか考えた。

「ええい、人攫いどもめ」

佐吉が苛立ち、大太刀を抜き払った。

「ご老体、恐れることはござらん。わしの平常無敵流《へいじょうむてきりゅう》が、悪党どもを成敗してくれますぞ」

「慌てるな、荒くれ者め」

善衛門が不機嫌に言うと、佐吉は口を尖《とが》らせたが、大人しく刀を納めた。

「どうするつもりにござるか」

「まあ、わしにまかせておけ。たった今、よい手を思いついたわい」

顎を手でつまんでたくらみを含んだ顔をした善衛門は、皆に屋敷の守りを託すと、行き先も告げずに、ふたたび出かけていった。

四

「先生、いったいどういうことですかい」

大隅の小次郎が、子分に取り囲ませた片畠の前に立ち、厳しく問い詰めた。

逃げ帰った浪人三名が、お初一人にたたきのめされたことは隠し、片畠に逃げられたせいで不利になり、捕まったと言ったのだ。

子分たちに囲まれても、片畠は眉ひとつ動かすことなく、左肩にかけた刀にすがるように座り、茶碗酒を飲んだ。

隙があるように見えて、誰もそれ以上は近づけなかった。

殺気ではない。剣の達人だけが放つ剣気が、常人を近づけないのだ。

「先生、なんとか言ったらどうです。まさか、怖気《おじけ》付いたわけじゃ――」

小次郎が付きまとうように言ったその時、片畠がじろりと睨《にら》んだ。

恐ろしい目つきに息を呑んだ小次郎が、一歩退いて身構えると、片畠はゆるりと立ち上がった。

「どこへ行くんです」

「気が変わった。焼け出された者を攫うような輩の手助けはせぬ。相手が手強いのは、三人がよく知っておろう。命が惜しくないなら、お前たちだけでやれ」

誰を見るでもなく言うと、隠れ家から立ち去ろうとした。

「待ちやがれ！」

小次郎が怒鳴ると、子分たちが片畠を逃がすまいと囲んだ。

片畠はじろりと睨み、刀を帯に差すと腰を低くし、抜刀術《ばっとうじゅつ》の構えをした。

「仲間割れしている時じゃないぜ」

怖気付く子分たちを分けて前に出たのは、痩せ浪人だ。

「まあ、俺たちもこうして逃げ帰ったことだし、もうよしましょうや。それより、片畠さん、いい話があるんですよ」

痩せ浪人が薄笑いを浮かべて、指を四本立てた。

「あの屋敷に四千両あるのが分かりました。どうです、女子供を攫うのはやめにして、そいつをいただきに行きませんか」

「もはや、あの屋敷に興味はない」

「ほほう、そいつは残念だ。ま、いらないなら仕方がない。お宝はおれたちだけで山分けして、ついでにあの若い女もいただきますよ。それでも、よろしいので」

うかがうような目を向けられたが、片畠は動じることなく、

「それがしには関わりなきこと。勝手にいたせ」

そう言うと、隠れ家から出ていった。

小次郎が右の眉毛だけを上げて、痩せ浪人に向いた。

「先生、どういうことです」

「あの野郎、離れから出てきた若い女を見た途端に、逃げやがったのよ。何かあると思って言ってみたが、思い過ごしのようだ」

「ふん、ただの腰抜けだろう」

顎髭浪人が馬鹿にして言い、細道を歩み去る片畠の背中を睨み、唾《つば》を吐いた。

大柄の浪人が言う。

「頭、相手の人数は少ないが、片畠が言ったとおり手強い。四千両のためだ、もっと

人を集めてくれ」

小次郎は鋭い目つきとなり、懐から短筒《たんづつ》を出して見せた。

「先生方を救い出すために集めた者がおりますので、その者たちを使いましょう。次は、しくじりはなしですぜ」

「いつやる」

「お宝をよそへ移されたらいけねぇ。一刻もあれば人が集まりますので、それからはどうです」

「よし分かった。刀を貸してくれ」

「ようござんす。おう」

小次郎が指図すると、子分が刀を数本出してきた。

「さ、お好きなのを取ってください」

物はよいものではないが、浪人たちは、切れそうなのを選んで腰に落とし、徳利《とっくり》の酒を水のように飲んだ。

小次郎の声かけで、続々と人が集まってきた。

新たに雇った浪人者が十人ほどいる。

どの面も、まともな暮らしをしているような顔つきではない。その中でも、頬に傷痕がある浪人が他に輪をかけたほどの悪党面で、全身から殺気を放っている。

「頭、これで揃いやした」

子分が言うと、小次郎は皆を順に見た。

「それじゃぁ先生方、行きやすかい。おう、野郎ども、ぬかるんじゃねぇぞ」

「おう」

小次郎の一味は、隠れ家を出ると、青山に向かった。


葉山家の別邸では、朝治たちが不安な時を過ごしていた。逃げた浪人者が人攫いの仲間なら、また襲ってくるのではないかと思っているのだ。

「親父、俺はとばっちりはごめんだ。今のうちに、ここから逃げたほうがいいんじゃないか」

二人で難を逃れていた父子が、皆の目を盗んで相談をはじめた。

朝治はその声が耳に入ったが、逃げたい者を止める権利があるはずもなく言う。

「遠慮はいらないから、明るいうちに逃げたらいい。渋谷《しぶや》あたりの寺に行けば、助けてくれるかもしれないよ」

父子は驚いた顔をしたが、女子供を見て、ばつが悪そうにうな垂れた。

「心配いらないよ」

中年の女房が言った。

「昨夜も言ったじゃないか。世話をしてくれたお初さんが、三人の侍を一人でやっつけたって。ねぇ、おせんちゃん」

「はい」

おせんは微笑んでうなずいたが、すぐに浮かない顔をした。

「どうしたんだい」

「いえ」

「とにかくさ、悪いこと言わないからここにいたほうがいいよ。お公家様といい、お初さんといい、ここの人たちはただもんじゃないんだから、人攫いなんて追っ払ってくださるよ」

「わたしもそう思いますよ。どこの寺も一杯で、ここから出ても行くとこがないですから」

逃げる時に家族とはぐれたという大店のあるじがそう言うと、ここから逃げようとしていた父子が考えなおしてとどまった。

廊下で話を聞いていたおつうとおたせが笑みでうなずき合い、持っていた膳《ぜん》を運んだ。

「さあさあ、皆さん、山鳥の炊き込みご飯ができましたよ。熱いのを食べて、力を付けてください」

明るい声で振る舞うと、町の衆から歓声があがり、その場が一気に明るくなった。

「お女中さん、悪党が逃げたというけれども、また来ますかね」

老婆に訊かれて、おつうは即答した。

「うちの殿様はお強いから、安心していてください」

「そうかね」

「ええ、どんな悪党が来ても、皆さんには指一本触れさせませんよ」

おつうは明るく言って励ました。

佐吉と大海が警戒する中、小次郎の一味は、屋敷が見える所まで迫っていた。

「野郎ども、四千両は目の前だ。気合を入れろよ」

小次郎が鼓舞《こぶ》し、手に唾をかけて揉《も》むと、腰の刀を引き抜いた。門を打ち破り、一気に攻め込むべく向かう。

「来たぞ」

門の上で見張っていた大海が、道を走ってくる集団を見つけて叫び、弓に矢を番えて放った。

矢は子分の胸に突き刺さったが、賊どもは怯まず突っ込んでくる。

「奴らめ、本気で攻めてくるぞ」

「望むところよ！」

下にいる佐吉が言い、両手で顔をたたいて気合を込めると、大太刀を抜いた。

薙刀《なぎなた》のように太い刀を振り、切っ先を門に向けて待ち構えた。

外で人攫いどもの怒号が響き、一気に、門が突き破られた。

「来やがれ！」

四谷の弁慶《べんけい》と恐れられた佐吉が怒鳴り、大太刀を振りかざした。

子分どもは怯まず、佐吉に斬りかかる。

「おりゃぁ！」

佐吉が大太刀を振り、相手の刀をへし折った。それと同時に前に出て、手の平で胸を突く。

「うわっ」

子分が後ろに吹っ飛び、仲間数名を巻き込んで倒れた。

佐吉の前に浪人者が出て、刀を構えた。大海が矢を放とうとしたが、抜刀した浪人どもが気合をかけて襲いかかる。

斬られるような佐吉と大海ではないが、賊の数が多すぎる。寺島と知恵蔵が大海を助けに入り、屋敷内は大乱闘となった。

その隙を突き、小次郎は痩せ浪人たち三人と、頬に傷痕がある浪人と共に、四千両を狙って奥に忍び込んだ。

「どの部屋か分からん」

痩せ浪人が言うと、

「片っ端から探せ」

大柄の浪人が言い、障子を開けはなった。

二つ目の部屋を開けようとした時、中から小刀が突き出てきた。

「うお」

大柄の浪人が声をあげて庭に飛びすさる。

お初が障子を開け、廊下に出た。そして、賊どもを睨む。

目が合った痩せ浪人が怖気付き、思わず股間を押さえた。

「次は負けぬ」

顎髭の浪人が強がり、前に出ようとした時、鞘に納めたままの刀を目の前に出された。

頬に傷痕がある浪人が、顎髭の浪人を止めたのだ。

「何をする」

「貴様では勝てぬ」

頬に傷痕のある浪人が言い、鋭い目をお初に向けて対峙《たいじ》した。

お初は浪人を相手に臆することなく、小刀を構えた。

「ほう、忍びか」

頬に傷痕がある浪人は、薄笑いを浮かべて、唇を舐《な》めた。

「なかなかに、よい女だ。頭、この女はおれがいただく」

そう言うと、鞘に納めたままの刀を右手に持ち替えて、鐺《こじり》を下げた。

小刀を逆手に持ち替えたお初が、胸の前で構えると前に踏み出し、浪人者に斬りかかった。斬り上げ、返す刀で斬り下げたお初の刃を、頬に傷痕のある浪人は紙一重でかわした。

殺気に応じて飛びすさったお初であるが、それより一瞬早く、浪人が前に出る。

飛びすさるお初の目の前に浪人の顔が迫り、慌てたお初が、地に着くなり身を転じてかわそうとしたが、

「むん！」

浪人が突き出した鐺が、お初の鳩尾《みぞおち》に食い込んだ。

「うっ」

短い声をあげたお初が、気を失った。

前のめりに倒れるお初の身体を受け止めた浪人者が、嬉々とした笑みを浮かべて、肩に担ぎ上げた。そして、小次郎に命じる。

「裏から逃げる。金を取ってこい」

「お、おう。先生」

小次郎と三人の浪人が座敷に上がり、小判が入った荷袋を見つけた。

大柄の浪人が目を見張って言う。

「これだけありゃぁ、当分贅沢三昧《ぜいたくざんまい》だ」

小次郎と浪人たちは、大喜びで荷を担ぎ上げた。

痩せ浪人が、顎髭の浪人に言う。

「例の女はどうする。離れに隠れているぞ」

「そんなのはほっとけ、金さえあれば、上方《かみがた》でもっといい女を買える」

「それもそうだ」

小次郎が急《せ》かした。

「さ、子分どもが食い止めているあいだに逃げやしょう」

手分けをして荷を担ぎ、庭に下りて裏口へ向かおうとしたが、お初を担いでいる浪人が立ちはだかった。

「頭、子分を置いて逃げる奴があるか」

言うなり、お初を担いだまま、刀の鐺で腹を突いた。

「うっ」

腹を押さえて呻く小次郎は、後ろ頭を鞘でたたかれ、昏倒《こんとう》した。

三人の浪人が警戒したが、お初を担ぐ浪人は笑みを浮かべて言う。

「これで、分け前が増える。そうだろう」

浪人たちは顔を見合わせ、ほくそ笑んだ大柄の浪人が言う。

「よし、今からあんたの言うとおりにする」

「では、ついてまいれ」

頬に傷のある浪人は、手下となった三人を連れて、お初を担いだまま裏口から逃げた。

　そうとは知らず、小次郎の手下どもは佐吉たちと戦っていた。

　その声を聞きながら、逃げ出した浪人どもは反対の方向へ走り去ろうとした。

　屋敷の裏の道は、雑木林に続いている。そこまで逃げれば一安心だと言い合った浪人どもは、重い小判に顔をしかめながら歩みを進めた。

　屋敷を囲む垣根の角から人が出てきたのは、その時だった。

「なんだ、おぬしか」

　先頭に立っていた顎髭の浪人が、目の前に現れた片畠にそう言った刹那、己の腹に衝撃が走った。

　髭面の浪人が、見開いた目を下に向けたかと思うと口から血を吐き、横に倒れた。

　片畠は物も言わずに、顎髭の浪人の腹を抜刀術で斬ったのだ。

　絶命した顎髭の浪人に目もくれぬ片畠は、絶句している浪人どもを睨んだ。

「片畠、どういうつもりだ」

　痩せ浪人がやっと声を出したが、片畠は答えない。刀を鞘に納め、抜刀術の構えをしてじりじりと迫る。

　痩せ浪人は怖気付き、荷を落として逃げた。

しかしその背中を、片畠の切っ先が斬り割る。

「ぐえぇ」

激痛に背中を反らした痩せ浪人が、大柄の浪人に助けを求めてしがみ付いた。

大柄の浪人は気味悪そうに離れ、突っ伏した痩せ浪人は、ぴくりとも動かなくなった。

片畠は、お初を担ぐ浪人を睨む。

「女を下ろせ」

「ほう、この女がほしいのか」

片畠は答えず、刀を鞘に納めて構えた。

頬に傷がある浪人は、お初を下ろそうとしない。盾にしたのだ。

「おう、でかいの。こいつを斬ったら、お前に二千両やるぞ」

そう命じて、後ろに下がった。

大柄の浪人が、怪力をもって片畠に荷を投げた。

片畠がそれをかわした隙を突き、抜刀して迫る。袈裟《けさ》懸《が》けに打ち下ろしたが、懐に飛び込んだ片畠が抜刀術をもって一閃《いっせん》し、背後に突き抜けた時には、刀身の血を振り落として納刀した。

腹を斬られた大柄の浪人は目を大きく見開き、うつ伏せに倒れてもがいていたが、程なく絶命した。

頬に傷がある浪人は、逃げられぬと察したか、それとも、強敵に出会って剣士の血が騒いだか、嬉々とした目を見開き、お初を下ろした。

片畠はその隙を突いて迫り、抜刀術で横に一閃する。

飛びすさって切っ先をかわした浪人が、鞘に納めたままの刀を顔の前に上げて、柄越しに片畠を見た。

片畠は、お初を守るように立ち、油断なく納刀すると、抜刀術の構えを取る。相手に対して右肩を向け、鯉口を切った刀の柄に右の手の平を置き、身体をやや横向きにする。

独特の立ち姿を見て、頬に傷のある浪人が鋭い目をして言う。

「室崎流《むろさきりゅう》抜刀術か。貴様もしや、あの片畠か」

「ただの、剣客よ」

「おれの名は、陸奥《むつ》白河《しらかわ》の浪人、玉井《たまい》兵庫《ひょうご》」

片畠は、名を聞いても顔色ひとつ変えず、玉井の目を見ずに、目線をやや下げている。

「剣聖とまで言われた室崎流の片畠ならば、相手に不足はない」

玉井はそう言うと、刀を帯に差し、抜刀した。刃をぎらりと煌《きら》めかせて正眼《せいがん》に構え、そこから脇構えに転じる。

緊迫する中、お初が意識を取り戻した。あたりを見回し、はっとして立ち上がった。

「逃げろ」

片畠が言うやいなや、隙と見た玉井が前に出た。

「てや！」

脇構えから振るわれた切っ先が、逆袈裟斬りに襲ってくる。

太刀筋を見切った片畠が紙一重でかわし、抜刀して胴へ斬りつけた。

鈍い鋼《はがね》の音が響いた。玉井は咄嗟《とっさ》に、胴を狙う必殺の一撃を受け止めたのだ。そして、刀を打ち払い、

「えい！」

袈裟懸けに斬り下げた。

これを片畠が受け止め、鍔迫り合いとなった。

「むう」

「おう!」

両者が飛びすさりながら刀を振り下ろし、ふたたび鋼がかち合う音がした。

両者間合いを取り、片畠が大きな息を吐きながら納刀し、抜刀術の構えをした。

玉井は鋭い目を向けて大上段に構え、左足を引き、正眼に構える。

ゆったりと構える玉井には、まったく隙がない。

両者、かなりの遣い手である。

玉井がじりっと前に出た時、

「お初殿! お初殿!」

佐吉が大声で呼びながら、裏口に近づいてきた。

玉井は斬りかかるのをやめ、油断せず後ずさると、

「この勝負、いずれ決着をつける」

片畠に言い、背を返して逃げ去った。

片畠もまた、その場を立ち去ろうとした。

「お待ちを」

お初が呼び止めると、一旦は足を止めた片畠であるが、軽く頭を下げ、玉井とは逆の方角へ走り去った。

「せめてお名を」

片畠は答えなかった。

裏口から顔を出した佐吉が、お初を見つけ、倒れた浪人どもを見て目を丸くした。

「お初殿、無事でござるか」

お初はうなずき、去ってゆく片畠のほうを見た。

「おのれ、逃がさん」

「あの人が助けてくれたのです」

お初は、危うく金が盗まれるところを助けられたと教えた。

浪人に連れ去られそうになったと聞き、佐吉は目を丸くした。

「怪我はござらぬか」

「ええ」

「連れ去ろうとしたのは、どんな男です」

「右の頬に刀傷があり、かなりの遣い手だった。助けられなかったら、今頃どうなっていたことか」

寺島と共に出てきた大海が、駆け寄った。

「お初殿、無事でしたか」

うなずいたお初が問う。

「襲ってきた者はどうしたのです」

「殺してはいません。ことごとく生け捕りにしました」

「そう。庭に倒れているのが一味の頭です」

お初が言うと、大海はうなずき、縛り上げていると教えた。

佐吉は、倒れている浪人の息を確かめ、お初に首を振って言う。

「見事な切り口。これは相当な遣い手だ」

「意識が朦朧《もうろう》としてはっきり覚えていないのだけど、室崎流、と言っていた気がするわ」

「それは確かですか？」

そう言ったのは、おせんだった。騒ぎがおさまったので、朝治らと共に様子を見に出ていたのだ。

大海が訊く。

「どうした、おせんさん。室崎流の遣い手に心当たりがあるのか」

おせんは焦った面持ちでうなずいた。

「室崎流抜刀術を遣うのは、わたくしの父親しかおりませぬ」

おせんが武家言葉で答えたので、佐吉と大海は、顔を見合わせた。

おせんは、お初に促され、母屋の座敷に上がった。

父親に間違いないのかと訊くお初に、おせんは真顔でうなずく。

「父は、室崎流抜刀術の遣い手でしたが、道場も構えず、せっかくお声がかかった剣術指南役を断り、長い浪人生活をしていました。若い頃は大名家にお仕えしていたそうですが、わたくしが生まれる前に御家が断絶となり、江戸に流れてきたそうです。江戸での暮らしは、母もわたくしも、不満はありませんでしたが、父は五年前に、剣の修行に行くという手紙を残し、家を出てしまったのです。何をして暮らしていたのか分かりませんが、二月《ふたつき》に一度は、旅先からお金を送ってくれていました。けれども、一年ほど前から連絡が途絶え、母もわたくしも、剣の勝負に敗れ、命を落としてしまったのではないかと案じていたのです」

「母親とは、火事ではぐれたのですか」

お初が訊くと、おせんはかぶりを振った。

「母は半年前に、病で亡くなりました。それを機に、長屋の家主だった岩代屋《いわしろや》さんに、住み込みで女中奉公していたのですが、このようなことになってしまい……」

おせんは、声を詰まらせた。

岩代屋は、麴町外れの材木問屋だったのだが、おせんがあるじの遣いで四谷に出かけている時に、あの火事が起きていた。帰った時には、岩代屋は火に包まれていたのだ。

店の者ともはぐれたおせんは、すべてを失い途方に暮れていたところを、顔見知りだった朝治に助けられていたのだ。

話を聞いたお初は、おせんに言った。

「わたしは、おせんさんのお父上に命を救われました。お父上が行きそうなところに、心当たりはありませんか」

おせんはうつむき、首を横に振った。

「父のことですから、また旅に出たかもしれません」

「おせんさん、お父上のお名前は」

「片畠、重正と申します」

「片畠殿は、わたしの命の恩人です。おせんさんがお父上と会える日が来ることを祈っています」

お初はそう言うと、おせんに頭を下げた。

五

「どうした。何があったのじゃ」

　戻ってきた善衛門が、庭に集められて縛り付けられている輩と、六尺棒を持った町方役人がいるのに驚き、門番に訊く。

「八平、これはどうしたことじゃ」

「突然襲うてきたのです」

　金が奪われそうになったが取り戻したと聞き、善衛門は安堵した。

　門の外に、侍十数名が付き添った黒塗りの駕籠《かご》が到着し、ゆっくりと下ろされた。

　屋根に入れられた葵《あおい》の御紋を見て、八平が慌てて頭を下げた。

「慌てるな、誰も乗って……」

　善衛門が咄嗟に言葉を呑み、外に出ると、八平に門を閉めさせた。

「葉山殿、いかがされたのです」

　不思議そうな顔をするのは、駕籠に付き添ってきた中井春房だ。

　善衛門が、かくかくしかじかと事情を説明すると、中井はぎょっとした。

「というわけでしてな、しばしお待ちを」

「しかし、急がねば」

焦る中井を、善衛門が止めた。

「八平、佐吉たちは何をしておる」

「奥で五味《ごみ》様と話されております」

「おお、五味は無事であったか」

「少々お疲れのようですが」

「葉山殿、急がれよ」

中井に急かされて、善衛門は中に入った。母屋の玄関に行くと、二人の役人が待ちくたびれた顔で立っている。

善衛門は、一人に問う。

「おい、五味は中か」

「はい」

「いつ来たのだ」

「昼頃だったと思います」

「とうに日は西にかたむいておるぞ。中で何を話しておるのだ。まさかお初の味噌汁を飲んでいるのではあるまいな」

その、まさかであった。五味は、皆から話を聞くあいだに、図々しくもお初の味噌汁を所望していたのだ。

「いやぁ、こんなところでお初殿の味噌汁を飲めるとは思いませんでした。おかげで、疲れがすっと取れましたよ」

毎日駆けずり回り、ろくな食事をしていなかったと言う五味は、残り物を平らげて、幸せそうな顔でお椀《わん》を置いた。

そこへ、善衛門が入ってきた。

気付いた五味が手を上げる。

「ご隠居、ご無事で何よりでしたな」

呑気に言う五味に、善衛門が口をむにむにとやって睨む。

「おい五味、味噌汁なんぞ飲んでいる時ではないぞ。悪党どもを早う連れて行かぬか」

「まあまあ、そうおっしゃらずに。せっかくお初殿と会えたのですから、もう少しだけ。ご隠居も、味噌汁をいただいたらどうです。旨いですよ」

「たわけ、殿が一大事という時に、呑気に味噌汁をすすっておれるか」

苛立つ善衛門に、佐吉がつかみかからんばかりに迫った。

「殿に何かござったのか！」

大声に驚いた善衛門が、顔をしかめる。

「話はあとじゃ。五味、頼む、早う悪党どもを連れ出してくれ」

善衛門の慌てように、五味はようやく腰を上げた。

「お初殿、馳走《ちそう》になりました。では、また」

信平に何があったのか聞きたそうな五味であるが、善衛門が手で追い払う。

五味は仕方なく配下に命じて、捕らえられていた小次郎たちを連れて出た。

静かになったところで、善衛門が言う。

「佐吉、大海殿、急いで金を運ぶぞ」

「今からですか。深川に渡る頃には夜になりますぞ」

佐吉が言うと、善衛門は声を潜めた。

「案ずるな、外に心強い味方が来ておられる」

頼宣に頼んで、紀州藩の手勢を借りてきたと教えられた佐吉は、ぎょっとした。

「まことですか！」

「うむ。御三家の駕籠を襲う馬鹿はおるまいと思うてな。さ、急げ」

「その前に、殿の一大事とはなんでござるか」

訊く佐吉に、善衛門は悲しげな顔をする。

「詳しいことは分からん。中井殿が、殿に直接会《お》うて話されるそうじゃ。しかし、あの浮かぬ顔を見れば、殿にとって一大事に決まっておる」

「まさか、奥方様のことですか」

「分からんと言うておろう。とにかく急げ」

「待たれよご老体！　よもや、縁談が破棄されたのではありますまいな」

「たわけ！　そのようなことがあってたまるか！」

善衛門はむきになり、話はここまでだと言わんばかりに背を向け、千両箱を運ぼうと手をかけた。

重そうに持ち上げるのを佐吉が奪うようにして、軽々と運び出した。

門の外に出ると、中井が駕籠の戸を開けた。

中に置いた佐吉は、中井に向いて訊こうとしたが、察したのだろう、中井は目を合わせず、行列の供侍に指示を出した。

聞きそびれた佐吉は、小判を運ぶ大海たちの邪魔にならぬよう離れた。

六

金を運ぶ一行が深川に渡り、信平が逗留する立木屋に着いたのは、日が沈んで一刻あまりが過ぎた頃だった。

運送に紀州徳川家の力を借りたと知った信平は、中井を離れに招いて礼を述べた。

すると中井は、

「お耳に入れたきことがございましたゆえ、礼には及びませぬ」

そう述べ、人払いを頼んだ。

表情から、中井の心中を読み取った信平は、善衛門に顎を引く。

善衛門は心配そうな顔をしたが、黙って下がり、障子を閉めた。

「姫に、何かござったのか」

信平が先回りをして訊くと、中井は膝行《しっこう》して近づき、声を潜めて言う。

「殿のお国入りの日取りが決まりました」

「いつじゃ」

「半月後に、江戸を発《た》たれます」

「さようか」

「松姫様も、殿と共に江戸を離れられます」

信平は動揺したが、顔には出さなかった。

「姫は、江戸の暮らしが辛そうか」

「これは姫様のご意志ではございません。殿のご配慮でございます」

江戸市中が復興するまで、松姫を紀州に住まわせてやりたいというのは、頼宣の親心であろう。

苦しい時ほど、夫婦が力を合わせねばならぬという頼宣の言葉を思い出した信平は、解せぬ気持ちも芽生えたが、松姫を案じずにはいられなかった。

「松姫は、その後どうか」

中井は頭を下げた。

「ご息災にございます。殿のご決断は、我が藩邸が手薄になるためにございます。大火の混乱に乗じて謀反が起きれば、当家の下屋敷も狙われましょう。それゆえに、姫様を残すのは忍びないと、お連れすると決められたのです」

「さようか」

信平は、そのほうがよいと思った。四千両が狙われたように、今の江戸は、混乱に乗じて悪さをする者が増えている。手薄と見るや、大胆にも大名屋敷に忍び込む輩が出るかもしれぬ。

「我ら旗本が力を振りしぼり、上様のお膝下である江戸市中の安寧秩序《あんねいちつじょ》を取り戻さねばならぬ。松姫が戻られる頃には、きっと、江戸の民に笑みが戻るよう努力いたす所存と、頼宣様にお伝え願いたい」

「はは、承《うけたまわ》りました」

「姫を、くれぐれも頼みます」

「はは」

中井は、松姫を紀州に連れ帰ることを信平が承諾したことに安堵し、下屋敷へ帰っていった。

あとで知った善衛門は、信平の心中を察してか、

「今は、そのほうがよいですな」

そう言ったのだが、佐吉は不安をぶつけた。

「頼宣様は、姫を江戸に帰さぬおつもりでは」

善衛門は慌てた様子で佐吉の腕をたたいた。

「馬鹿を言うな。あるはずもなかろう」

「ですがご老体、姫が殿とお暮らしになるのを散々渋られていた頼宣様ですから、気が変わられたのではないかと心配なのです」

「ない！　姫は必ず戻られる」

言い張る善衛門の顔にも、佐吉と同じく不安がにじんでいる。

信平は何も言わず、ただただ、松姫の無事を祈るばかりだった。


「そうか、信平がそのようなことをのう」

戻った中井から話を聞いた頼宣は、信平の決意を感じた。

「己の屋敷の再建ばかりに気を取られておる者どもに、信平の爪の垢《あか》を煎《せん》じて飲ませてやりたいのう」

善衛門に手勢を貸したあとで登城した頼宣は、私財を投じて民を救おうとする信平の噂が広まっていると知り、同時に、信平を褒《ほ》める声は少なく、疎《うと》んじるほうが多いのも知った。

名門鷹司家の血を引くとはいえ、庶子《しょし》である信平のことを軽んじる者が、

「公家崩れめが、上様の覚えをめでたくするための偽善に決まっておる」

など罵《ののし》り、己は民のことなど考えもせず、屋敷の再建にかかる金策に躍起なのだ。

悪意の噂が広まったことが原因かどうかは分からぬが、屋敷の再建を決めていた信平に、新たな試練が訪れようとしていた。

公儀の命《めい》で、江戸市中の測量を終えた北条氏長は、火災に強い町を造るための地図を完成させたのだが、信平の屋敷があったはずの場所には、日吉山王権現《ひよしさんのうごんげん》の社地と書かれていたのである。

ある筋から情報を得ている頼宣は、中井に確かめた。

「屋敷のことを、信平に話さなかったであろうな」

「はい。申し上げておりませぬ」

「誰の指図か知らぬが、あるはずの屋敷地を抹消して社《やしろ》の建立地にするとは、酷いいやがらせをするものじゃ」

「まことに。この先、信平様の御屋敷はどうなるのでしょうか」

「かくいう当家も、どこに土地を賜《たまわ》るか決まっておらぬ。上様には、密かにわしの考えを申し上げた。国許から戻った時に返事をいただけるゆえ、信平の屋敷については、案じずともよい」

「はは」

「信平がおるのは、立木屋と申したな」

「はい」

「うむ。わしも信平を見習《みなろ》うて、民のため力になろう。明日、立木屋に一万両を届けておけ」

「はは、かしこまりました」

「姫の様子はどうか」

「今は、落ち着いていらっしゃいます」

頼宣は安堵の息を吐き、篝火《かがりび》が焚《た》かれた広大な庭に顔を向けて言う。

「姫は、紀州を見るのは初めてじゃ。気に入ってくれるとよいのう」

第三話　材木騒動

一

小名木川《おなぎがわ》は、関東に入国した徳川家康が、行徳《ぎょうとく》の塩を運ばせる船路を得るために、小名木村の小名木四郎兵衛《しろべえ》に命じて造らせた運河だ。

天正《てんしょう》の時代から使われているこの運河の南には湊町《みなと》が開かれ、明暦の今は、町家も増えつつあった。

材木問屋を営む立木屋弥一郎は、深川開発に伴う需要の拡大に応じて、大川から荷を積んだ舟が入りやすいこの地に、居を移していた。そして、土地も多く所有していたのだ。

店の前にある船着き場に、紀州徳川家の舟が着いたのは、よく晴れた日のことである。

「紀州徳川家家臣、中井春房にござる」

紋付き袴に、黒塗りの笠を着けた中井が店に入り、あるじに会いたいと言った。

中井は先日、善衛門の招きで裏から入ったため、店の者に会うのは初めてだった。

そのため、徳川御三家の家来が来たとあって、応対した手代《てだい》は緊張し、

「呼んでまいりますので、少々お待ちください」

声をうわずらせて、大慌てで裏の材木置き場に行った。

中井が、真新しくて立派な店を見回していると、裏口から弥一郎が戻ってきた。

「お待たせしました。あるじの、弥一郎にございます。あいにく信平様は、今朝早く青山に行かれました」

申しわけなさそうに言う弥一郎に、中井はうなずく。

「さようか。そのほうが、都合がよい」

弥一郎は不思議そうな顔をした。

「信平様に、ご用の向きではないのですか」

「うむ。今日は、そちに荷を届けにまいった」

「え、手前に、でございますか」

驚きを隠さぬ弥一郎に、中井は真顔で言う。

「人目に付かぬ所に運び入れたいが、よい部屋はござるか」

「荷とは、なんでございましょう」

「それはあとで分かる。急げ」

「はは。では、ご案内いたします」

中井が表に出て舟に合図すると、待っていた配下たちが長持《ながもち》を降ろし、担いで運んできた。

それを待った弥一郎は、紀州徳川家から届けられた品だけに、奥の客間に案内した。そして、葵の御紋入りの長持が次々と運び込まれるのを、神妙な面持ちで見守った。

すべて運び終えたあと、中井は人払いをさせ、障子を閉めて弥一郎と二人きりになると、長持のそばに来るよう手招きした。

歩み寄る弥一郎に言う。

「我があるじ、徳川大納言《だいなごん》様からじゃ」

蓋が開けられた中を見た弥一郎は、あっと息を呑んだ。小判の包《つつ》み金《がね》がぎっしり詰められていたからだ。

「しめて、一万両ある」

教える中井に、弥一郎はうなずいて言う。

「信平様に、お渡しすればよろしいのですね」

「いや。そなたにだ」

弥一郎は見開いた目を中井に向けた。

「どうして、こんな大金を手前に？」

「信平様がなされようとしている人助けに、役立ててほしいとのことだ。我があるじが言わんとされていることが、分かるか」

弥一郎は腕組みをして考えた。

「信平様の人助けを手伝うのですから、もっと多くの長屋を造れと、紀州様はおっしゃりたいのでしょうか」

「それもある」

中井は、手招きして近くに寄らせ、弥一郎に耳打ちした。

弥一郎は、ぱっと明るい顔をする。

「そういうことでしたら、ご協力いたしましょう。万事、手前におまかせください」

「我があるじは、信平様に打ち明けるのを望んでおられぬが、言う言わぬは、そなたにまかせる。では、よろしく頼む」

中井は、信平が戻らぬうちに、早々に帰った。

見送った弥一郎は客間に戻り、並べられている長持を改めて見つつ、腕組みをしてこぼす。

「中井様はああおっしゃったが、顔は言ってほしそうだったな。さて、どうしたものか」

「旦那様、ただいま戻りました」

番頭の宗吉《そうきち》が出先から戻ってきた。

「ここだよ」

弥一郎が声をかけると、宗吉が来ながら言う。

「紀州藩から荷物が届けられたそうですが、いったい何ごとですか」

客間に来た宗吉は、置かれた御紋入りの長持を見て納得した顔をした。

「なるほど、信平様に届けられたのですね」

「いや、わたしが紀州様から預かった物だ。今から言うことは、わたしとお前の秘密だよ。弥三郎にも、まだ言わないでくれ」

前置きして、弥一郎は中身を教えた。

宗吉は目を見開いた。

「一万！」

「し、声が大きい」

慌てて口を塞《ふさ》ぐ宗吉に、弥一郎は使い道を教えた。

納得して、やっと落ち着いた宗吉に、弥一郎は言う。

「金蔵に入れるから、手伝っておくれ」

「手代を呼びます」

「だめだ。万が一外に漏れたら盗《ぬす》っ人《と》が来るかもしれないから、二人で運ぶよ。しつこく言うけど、今はわたしとお前だけの秘密だ。いいね」

「はい。口が裂けても言いません」

弥一郎と宗吉は、力を合わせて重い長持を持ち上げ、金蔵へ運び入れた。

五つ全部を運び入れた時には、慣れない力仕事で汗をかいたが、弥一郎の汗は、違った意味を含んでいる。

信平から預かった物を合わせて、金蔵の中には一万四千両もの大金がある。これを奪われるようなことがあればと思うと、背中に冷たい汗が流れた。

「旦那様、用心棒を雇いますか」

どうやら宗吉も、同じ考えだったようだ。

「他人は信用できないから、一万両は内緒にして、弥三郎に守ってもらおう」

「それがようございます。弥三郎様なら、よい友もいらっしゃいますし」

「お前ちょっと行って、呼んできておくれ。給金を弾むから、二、三人連れてくるよう言うんだよ」

「かしこまりました」

「こうしている今も不安だから、急ぎ頼む」

「はい」

宗吉は汗も拭かずに、関谷道場へ向かった。


「と、いうわけです。給金を弾みますので、どなたか、口が堅くて頼りになる方を二、三人連れてきてほしいそうです」

宗吉の話を聞いた弥三郎は、確かめた。

「信平さんの四千両を守るためか」

「はい、そうです」

宗吉の愛想笑いが、商売臭く感じた弥三郎は、なぜ今頃、と言いたいのを呑み込み、様子を探る。

すると宗吉は、

「何せ、物騒ですから」

そう言って誤魔化《ごまか》した。

「まあ確かに、四千両は大金だ。それに信平さんの大事な金だからな。いいだろう。今夜から泊まりに行くと言ってくれ」

「それで、あとの人は」

「一人は、西尾《にしお》さんに頼んでみるつもりだ」

「あのお方なら、安心です」

「あとは、思い当たらぬな。二人で十分だろう」

「西尾様が来てくださるなら、さようでございますね」

「で、いつまでだ」

「さあ」

「おい、期限なしか」

宗吉は慌てて答える。

「いえ、長屋の普請《ふしん》が終わる頃まででしょうか」

「馬鹿を申すな。おれたちは浪人ではないのだぞ」

「無役ではございませぬか」

はっきり言う宗吉に、弥三郎はむっとした。

「手間賃を弾むそうですから、なんとか頼みます。では、お待ちしています」

「おい、待たぬか」

弥三郎の声に応じぬ宗吉は、逃げるように行ってしまった。

「まったく、しょうがない奴だな」

「酒が出るのか」

そう言ったのは、矢島大輝《だいき》だ。

「やだな、聞いていたんですか」

「信平殿の金を守るのなら、手伝ってやるぞ。西尾ではなく、おれにやらせろ」

矢島は、道場の中庭に下りてきて、庭石の上でひなたぼっこをしている三毛猫の頭をなでた。避難してきた少女が抱いていた猫だが、その子は今、親と一緒に出かけている。

矢島は言う。

「不便な暮らしを続ける者たちのためにも、信平殿の金は大事だ。給金はいらぬ。酒だけで十分だ」

弥三郎は眉尻を下げた。

「またそんなこと言って、店はどうするんです。勝手をすると、お駒《こま》さんが怒りますよ」

「どうして怒る」

「だってほら」

弥三郎が手を動かし、腹が膨《ふく》らんだように描いた。

「気分が悪いのでしょう？」

「つわりだ。病のように言うな」

信平が四谷に越して間もなく、お駒と夫婦になった矢島は、実家を出て浪人となり、今では、お駒が切り盛りする料理屋の旦那におさまっていた。

普段は包丁をにぎることもあるのだが、剣術も続けており、今日は関谷天甲が面倒を見ている避難者の手助けをしに来ていたのだ。

「女房と店のことは、お清《きよ》に頼む。住み込みゆえ、心配はいらん」

「それは安心ですね。ではさっそく、今夜からお願いできますか」

「待て、今夜か」

「ほら、無理しないでくださいよ」

「いやいや、大丈夫だ。今夜だな。どこへ行けばいい」

「ほんとうに、よろしいので？」

「何度も言わせるな」

「それじゃ、小名木川の店にお願いします」

「分かった」

「では、のちほど」

弥三郎は、自分の屋敷に帰ってから行くと言い、道場をあとにした。

二

深川でそのような話になっているのを知らぬ松平信平は、青山の葉山家別邸に帰っていた。

人攫いに四千両を狙われたが、離れで暮らす者たちには怪我もなく、今は穏やかに過ごしている。

信平は、朝治たちと会い、これから建てる長屋で暮らしてみてはどうかとすすめた。

朝治たちが暮らしていたのは麴町だ。大川の向こうにある深川は、まだ開発途上の新しい土地。彼らにとっては江戸市中ではないため、大川を渡ることを拒んだ。

「できれば、麴町に戻りたいのですが」

朝治が言うと、他の者も、町が再建されるのを待ちたいと言った。

信平とて、無理にすすめるつもりはない。

「では善衛門、それまで、この者たちを置いてやってくれぬか」

「ここは元々、それがしが隠居所として建てた物。今はまだ使いませぬので、住んでくれると助かります。そのほうが、家が朽ちませぬからな」

「葉山様、ありがとうございます」

皆が安堵し、頭を下げた。

離れに戻っていく朝治たちの背中を、佐吉が不服そうな顔で見ている。

信平は気になった。

「佐吉、いかがした」

「はあ。あの者たちは殿のご厚意を断ってまで麴町に戻りたいと申しますが、かの地の長屋は、すぐに再建されるのでしょうか」

確かに、佐吉の言うとおりだった。

善衛門が言う。

「まだ先であろうな。日本橋あたりの大店は早くも店の普請にかかっておるが、麴町は吹上に隣接しておるため、公儀が火除け地を定めるまで、元の土地に建てる許しは出ぬはずじゃ」

佐吉はうなずいた。

「やはり、そうですか。殿、あの者たちに教えてやりますか」

「気が変わるだろうか。長年住み慣れた土地から、離れとうないようだったが」

「それもそうですね」

佐吉が引き下がり、善衛門が信平に言う。

「深川を田舎と思うているのでしょうが、これから町家が増えますぞ。公儀は此度の大火を機に、旗本と御家人だけでなく、大名の屋敷も移すと決めたそうです」

「立木屋も、そのような話をしていた。大川に橋を架けるという噂もあるそうじゃ」

「さすがは材木問屋。早耳ですな」

「噂は、まことの話か」

信平が問うと、善衛門はうなずいた。

「御大老、酒井《さかい》讃岐守《さぬきのかみ》様の進言により、橋を架けることが決まったそうです。大火事の際は、深川へのよき避難路となりましょう」

信平は微笑む。

「上様は、天守閣の再建をあきらめられ、民のために尽くしておられる。江戸の町は、大きく変わるであろうな」

「何もなくなってしまいましたから、火事に強い町が造られるでしょうな」

そう言った善衛門が、居住まいを正す。

「殿、本理院様のことですが」

「ご無事であられたか」

「はい。三日前より、元の御屋敷にお戻りとのこと」

「それは何より。折を見て、見舞いにまいろう」

「殿のご無事は、上様が伝えられたそうにござる」

「さようか」

信平は安堵し、目を閉じた。本理院の屋敷で松姫と会った日を、昨日のことのように思い出す。何をする時でも、ふと、松姫を思い出す信平は、今どのように過ごしているのか考えてしまうのだ。

「殿」

善衛門に呼ばれ、目を開けて聞く顔をする。

「長屋の普請は、どうなっております」

「弥一郎が、小名木川の近くにある立木屋の土地を出してくれた。今は、普請の段取りをしているはずだ」

善衛門は案じる顔をした。

「大工が、集まりますかな」

「うむ?」

「江戸市中の再建もはじまり、大工は引っ張りだこと聞いておりますゆえ、深川に渡ってくれるかどうか、そこが心配です」

「大工なら、立木屋の周りに大勢おるぞ」

「殿、それは舟大工です。家はよう建てますまい」

「舟を造るほうが難しいと聞いたが」

信平が言うと、縁側に座っていた佐吉が賛同した。

「確かに、舟は水が入らないようにしなければなりませんからな。まして長屋となると、難しい話ではない気がします」

「さようなものかの。家と舟では、別物の気がせんでもないが」

善衛門は、四千両も払うのに、まともな家が建つのかと案じたが、佐吉から、人手が足りぬなら仕方がないと言われ、それはそうじゃが、と、まだ納得していない様子だ。

この日信平は、深川には帰らず泊まった。翌朝領地に戻る、大海四郎右衛門たちを労《ねぎら》うために、ささやかな宴をしたのだ。

そして翌朝早く、旅支度をすませた大海四郎右衛門が現れ、信平に頭を下げた。

「岩神村《いわがみむら》のこと、よろしく頼む」

「はは」

大海が、名残《なご》惜しそうな顔を上げる。

「殿」

「うむ」

「よい生糸が取れましたら、次こそは御屋敷再建のためにお使いください」

「分かった。村の皆に、よろしく伝えてくれ」

「喜びましょう。では、これにて」

大海は、家来の寺島と知恵蔵を連れて、信平の領地である多胡郡《たこぐん》岩神村に帰っていった。

見送りをすませた信平は、家来たちに言う。

「では、麿もこのまま深川へ戻ろう。佐吉、善衛門と共に、朝治たちを頼む」

「承知いたしました」

佐吉が近くまで送ると言うと、善衛門が信平に頭を下げた。

「殿」

「うむ」

「今日は、差し出がましいと承知で申します」

「いつも申しておろう」

冗談で誤魔化す信平に、善衛門が眉尻を下げた顔を上げた。

信平は先に言う。

「姫のことか」

「はい。紀州様は、もうすぐ国許へお発ちになられますぞ。奥方様に、お会いになりませぬのか」

信平は、紀州藩邸の方角を見上げた。青い空に、薄雲が棚引いている。

「姫は今頃、何をしておろうな」

「きっと、殿を待っておられるはずです。下屋敷に行かれませ」

「姫とは、文で互いに誓《ちこ》うたのじゃ。江戸の民に笑みが戻るまで、我らの幸は望まぬと」

「何ゆえ、そこまで頑《かたく》なになられます。それではまるで、あの火事が、殿や奥方様のせいで起きたようではござらぬか」

善衛門は、若い二人の気持ちをなんとか明るくしようとしている。

そのことは、信平も十分に分かっていた。分かっていたが、そうなれぬのが、松姫の優しさなのだ。

「何かしようと思うても、何もできぬ己の弱さに苦しみ、姫はこころを痛めておる。頼宣侯が姫を国へ連れて行かれるのも、身体を案じられてのことじゃ。麿は、今は民の役に立ちたいと思う。この江戸が復興し、麿の屋敷を再建したあかつきには、姫を迎えにゆこう」

「なれど、殿――」

「善衛門」

「はは」

「公儀の救いの手から洩《も》れてしまい、苦しんでいる民は大勢いる。麿は、その者たちを一人でも助けたい。今は何も言わず、力を貸してくれぬか」

善衛門は、信平に頭を下げた。

「よろこんで。殿」

「うむ」

「出すぎたことを申しました」

己を恥じ、目を潤《うる》ませた顔を上げた善衛門は、信平の微笑みに応じて、笑みを浮かべた。

「殿様、大変にございます」

声がした道を皆が見ると、八平が走っていた。

八平は昨日から、善衛門の使いで甥の正房のもとへ出かけていたのだ。

「八平、慌てていかがした。これ、年甲斐もなく走ると転ぶぞ」

善衛門がそう声をかけたが、八平は走って戻ると、額から汗を流し、息を切らせながら言う。

「御屋敷が、御屋敷が……」

「落ち着け、屋敷がどうした」

八平は大きな息をして唾を呑み、来た道を指差しながら言う。

「赤坂の御屋敷を見に行きましたら、綺麗《きれい》さっぱりと、取り壊されております」

焼け残っていた屋敷の一部や土塀までもが、跡形もなく崩されているという。

「殿、立木屋は、普請をはじめたのですか」

善衛門に訊かれて、信平は首を振った。

「頼んでおらぬ」

「ではいったい、誰が」

「違うのです」八平が必死に言う。「残骸を運んでいた人足が申しますには、日吉山王権現の社地に決まったそうです」

「何！」

善衛門の大声に、八平が驚いた顔をして頭を下げた。

「間違いないのか」

「確かに、そう言いました」

善衛門は、口をむにむにとやり、信平に顔を向けた。

「殿、公儀から何か聞いておりますか」

「いや、聞いておらぬ」

「では職人たちは、どこぞの屋敷と間違《まちご》うて壊しておるのやもしれませぬな。わしが確かめてまいります」

善衛門が出かけようとしたところへ、お初が戻ってきた。

善衛門が八平から聞いた話を教えると、お初は厳しい顔でうなずく。

「間違いではございませぬ」

善衛門が眉間に皺《しわ》を寄せて問う。

「どういうことじゃ。豊後守様から、何か聞いておるのか」

「たった今、これを、預かってまいりました」

老中、阿部豊後守が信平に宛てた書状を渡した。

その場で目を通した信平は、皆に言う。

「明日登城せよと書かれている。屋敷替えについてであろう」

そう教えて、善衛門に書状を渡した。

目を走らせた善衛門が、信平に顔を上げる。

「屋敷のことは、何も書いてござらぬ」

「直《じか》に、申し渡されるつもりであろう。明日に備え、深川へ行くのはよそう」

「次は、どの地を与えられますかな。まあ、赤坂より悪くはなりますまい」

善衛門は楽観していたが、翌日、江戸城西ノ丸に登城した信平は、将軍謁見の間ではなく、老中の詰め部屋に通され、阿部豊後守、松平伊豆守の前で、大目付、北条氏長から、屋敷地の説明を受けた。

北条は、公儀から命じられて江戸市中の測量を終え、火災に強い町を造るために、寺社、武家屋敷、町家の配置図を制作していた。

これにより、吹上にあった御三家と武家屋敷の一部が城外へ出されることが決まり、此度の大火災のように、北風によって火が市中へ回らぬように、神田橋御門外から飯田坂（九段坂）までと、千鳥ケ淵《ちどりがふち》の西側には、火除けのための広大な空地が設けられる。尾張、紀州、水戸《みと》の御三家は、外堀の外に広大な屋敷地が与えられ、延焼によって御三家の屋敷が一度に焼失せぬよう、場所も離された。

ここまで教えた北条が、厳しい目を向けて問う。

「今は、大名家と旗本の敷地を考えておる最中なのですが、信平様は、屋敷の再建に支給された千両を、民のために使われるそうですな」

北条は顎を引いた。

「そうと聞き、御屋敷の再建は先と判断し、赤坂の屋敷地を社地に変更しました。急ぎますゆえ、ご理解いただきたい」

決まったことゆえ、信平は再建を考えていたと訴えるのを控えた。

「承知しました」

そう答えると、北条に列座していた猪山近宗《いのやまちかむね》の口元に、たくらみを含んだ笑みが浮かんだ。

猪山は、北条の下で働く作事《さくじ》奉行であるが、公儀から支給された千両を民のために使い、皆から慕われている信平をよく思っていない。

信平は、人の顔色をうかがうつもりはなく、目を伏せ気味にしている。

若くとも腹の据わった、堂々たる態度に、列座していた他の者の中には、羨望《せんぼう》の眼差しを送る者もいた。

猪山は、それらの者を睨み、信平に告げた。

「此度、江戸市中を火事に強い町に変えるために、いろいろな試みがされてござる。日吉山王権現は、上様のご意向で江戸城の裏鬼門に当たる場所に移されることになったのでござるが、鬼門を守る社《やしろ》が焼失せぬよう、火除け地を設けることとなったのでござる。信平殿の屋敷が、その中に含まれており申した」

いかにも仕方ないように言っているが、実は、火除け地の必要を進言したのは、猪山だ。

信平は、上様が決められたことであれば、異存はないと言った。

「さすがは信平殿、話が早い」

猪山が嬉しげに言い、唇を舐めた。

「新しい屋敷地のことでござるが、いましばらくお待ちいただきたい。大名屋敷の配置に難儀をしておりましてな、千石程度の旗本にまで、手が回らぬのでござるよ」

無礼な発言に北条が慌てたが、猪山は、これは失敬と、三十路《みそじ》男の狸面《たぬき》でかわし、話を続けた。

「これからのことでござるが、まずは大名屋敷の配置を決め、次に大身旗本、御役付きの旗本屋敷の順に、将軍家にとって重要な御家から決めてゆきますので、信平殿の屋敷は、はっきり申し上げていつになるか分かりませぬ。何せ、役目に励んでおる拙《せっ》者《しゃ》の屋敷でさえ、決まっておらぬありさまですからな」

「猪山！　言葉が過ぎるぞ！」

北条がついに怒鳴った。

猪山は申しわけなさそうな顔を作って頭を下げたが、目は笑っている。

挑発に乗るような信平ではないのを知っている二人の老中は、黙って見ているのみ。

信平は、涼しげな顔で猪山に言う。

「火事に強い町を造るためなら、どこへでもまいりましょう。万事、おまかせいたす」

「さすがは、信平殿じゃ」

知恵伊豆こと、松平伊豆守が褒めた。

これには、阿部豊後守がぎょっとして、横に並ぶ伊豆守の顔を見た。

伊豆守は、猪山に鋭い目を向ける。

「そちは下がれ」

「は、はは」

猪山は、堂々とした態度で部屋を出た。

続いて伊豆守は、信平に言う。

「信平殿、屋敷地のことは追って沙汰をいたすゆえ、今日のところは下がられよ」

「はは」

信平は、二人の老中に頭を下げ、控えの間に下がった。

背中を見送った伊豆守は、顔を青ざめさせている北条に顔を向ける。

「北条殿」

「はは」

「信平殿は、猪山に言わせるとたかが千石じゃが、亡き家光公の義弟であらせられる。屋敷地を決める際は、そのこと、ゆめゆめ忘れぬように」

伊豆守の鋭い眼差しに、北条は平伏した。

「お言葉、胸に刻みまする」

「今日はこれまでじゃ。皆、ご苦労であった」

伊豆守が告げると、列座していた者たちが一斉に頭を下げ、各々《おのおの》の部屋に下がった。

足を崩した豊後守が、含み笑いを浮かべて伊豆守を見た。

伊豆守は見もせず、真顔を前に向けたまま言う。

「なんじゃ」

「いや、おぬしも変わったと思うてな」

「わしは、何も変わっておらぬ」

伊豆守は笑いもせずに言うと、将軍家綱に呼ばれていると言い、立ち去った。

三

「おのれ猪山め、ええい、腹の立つ」

青山に帰った信平から話を聞くなり、善衛門が顔を真っ赤にして怒った。

佐吉は、座敷に仁王立ちして訊く。

「ご老体、その口ぶりだと、猪山近宗をご存じのようですな」

「知らん」

「えっ」

佐吉が拍子抜けするのを横目に、善衛門が憎々しげに言う。

「どうせ、此度の大火を機に抜擢《ばってき》された成り上がり者に違いなかろう。殿の評判に、嫉妬《しっと》しておるのよ」

「嫉妬とは、腐った性根をしておりますな。それでいやがらせをするのなら、許せませぬぞ」

二人が熱くなる中、信平は黙って聞いている。そこへ、お初が茶を持ってきた。

「すまぬ」

お初は穏やかな面持ちで応じ、下手に控えた。

信平が、茶を一口飲むのを待って、善衛門が言う。

「殿、屋敷地を賜るのがいつ頃になるか訊かれませなんだのか。このままでは、いつまで経っても再建できませぬぞ」

「ふむ、旨いな」

信平が言うと、お初は微笑む。

「近くの百姓が、届けてくれました」

まったく気にせぬ様子の信平に、善衛門は目まいがしてよろけたところを、佐吉に助けられた。

「ご老体、こめかみに血筋を浮かせるのは身体に毒ですぞ」

「佐吉、おぬしもなんとか申さぬか。殿は欲がなさすぎる」

「そこが殿のよいところではござらぬか」

「そうじゃな。うん、そうじゃ」

佐吉になだめられて手の平を返すというよりも、開き直ったような態度をした善衛門は、お初に冷めた目で見られているのに気付き、目をそらして空咳をした。

なんともいえぬ空気が漂っているが、信平は知らぬ顔で茶を飲んでいる。

そこへ、八平が現れた。

「殿様、五味様がお見えです」

「ふむ、会おう」

「へい」

八平が背を返したところへ、五味が遠慮なく入ってきた。

「信平殿、近くに来たのでお邪魔しました」

言いながら座敷に上がると、信平の前に正座した。おかめ顔は、いつもより険しく見える。

「何かあったのか」

「ええ、ありました。深川の立木屋には、いつ行かれます?」

「明日、戻るつもりじゃ」

「それは丁度よかった。立木屋のあるじに、身辺にくれぐれも気をつけて、夜は出歩かぬよう言ってください。何せ忙しくて、よその受け持ちまで手が回りませんから」

「これ五味、何があったのか申すのが先であろう」

善衛門が無礼だと言うと、五味が月代《さかやき》をたたいた。

「おれとしたことが、つい焦ってしまいました」

「よからぬことか」

信平が訊くと、五味が真顔でうなずく。

「殺しです。しかも、材木問屋ばかり狙われているのですよ」

「ばかりとは、複数おるのか」

「ええそうです。火事がおさまった日から今日までに、三人の材木問屋がやられました。いずれも一太刀で息の根を止められていますから、下手人はかなりの遣い手です」

「さようか」

信平が、自然と目つきが厳しくなる。

五味は信平の目を見て察したのか、十手《じって》を抜いて肩をたたきながら言う。

「下手人はおそらく、金で雇われた殺し屋でしょう。裏で糸を引いているのは、材木を扱う者に決まっていますよ。江戸はこれから、材木を大量に必要としますから、欲に走った悪党が商売敵を潰して、一人で儲《もう》けようとしているに違いないのです」

信平は問う。

「金の亡者に、心当たりがあるのか」

「残念ながらありませんが、ぼろ儲けをしている者から当たれば、すぐ見つかると思っています。いつとは言えませんので、念のため、立木屋に用心するよう言ってください。弥三郎にも、兄を守るよう伝えてもらえませんか」

「承知した」

「まあ、信平殿が行かれるなら大丈夫でしょうけどね。そうだ、妙なのがいたら、捕まえてください」

「そういたそう」

五味は安心して、探索を続けると言い立ち上がった。

皆に頭を下げ、戸口から出る五味を目で追った善衛門が、

「あ奴め、珍しくお初の味噌汁をほしがらなんだな」

そう言って一人で笑っていると、帰ったはずの五味がのっそりと戻り、戸口におかめ顔をのぞかせた。

「ところで皆さん、昼餉《ひるげ》はもうおすみです？」

物ほしそうな顔でそう言うものだから、善衛門は口を開けて信平を見た。

信平は笑って応じる。

「お初、支度を頼む」

お初は笑みを堪《こら》えてうなずき、台所に向かった。

「図々しい奴じゃ」

善衛門が言うと、五味は戻ってきた。

「今夜も寝ずの探索ですから、お初殿の味噌汁で元気をつけなきゃ、倒れてしまうと思いましてね」

五味はそう言い、そわそわして待っている。

程なくお初が膳を持ってくると、五味は嬉しそうにお椀を取り、ねぎが入っただけの味噌汁を一口飲み、

「ああ、旨い」

幸せそうに言う。

「いっそのこと、嫁にしたらどうじゃ」

善衛門が何気なく言うと、五味はちらりとお初を見て、

「ご老体、いきなりなんです。お初殿に失礼でしょう」

言いながら背を丸めて下を向き、顔を赤くした。

善衛門は、冗談じゃと言って、からかうように笑ったが、お初がじっとりとした目を向けているのに気付き、真顔となった。

小さく咳をして、

「いらぬことでござったな」

信平に、助けを求めるような笑みを向けた。

四

翌朝、一人で深川へ渡った信平は、小名木川の船着き場に上がり、立木屋に戻った。

客間に入ると、眠そうな目をした弥三郎と矢島が朝餉《あさげ》をとっていた。

いち早く気付いた矢島が、再会を喜んで言う。

「おお、信平殿。相変わらず狩衣を着ておるのか」

「矢島殿、久しぶりにござる」

矢島は湯漬けを流し込み、手をぱんと鳴らして拝むと、信平に笑みを向けた。

「一年ぶりか。いや、二年になるか」

「うむ。なかなか、こちらに渡れなかった」

「まあよい。噂は聞いておったからな。五十石の貧乏旗本が、今や千四百石のあるじだ。ただ者ではないと思うていたが、たいした出世だ。おれとは大違いだな」

「矢島さん、信平さんとは元々身分が違うのですから、当然ですよ」

弥三郎が言うと、矢島が豪快に笑った。

「その信平殿とおれたちは、友の約束を交わした仲だ。違うか」

「そのとおりじゃ」

信平がうなずくと、矢島が真顔になった。

「その友に、訊きたいことがある」

「うむ」

「あの火事は、公儀が江戸市中を造り変えるために火を付けたという噂があるが、まことか」

信平は、かぶりを振った。

「根も葉もない噂であろう」

「おぬしは老中たちとも口をきけるのであろう。真相を知らぬのか」

「御老中とそのような話はできぬ。麿も噂はいろいろ耳にしたが、今のは初めて聞いた」

矢島は笑みを浮かべた。

「よし、これですっきりした」

「なんなのですか、矢島さん」

抗議するように訊く弥三郎に、矢島は言う。

「店に来る客が噂していたのだ。おれもまさかとは思ったのだが、どうにも気になっていた。公儀が、あまりにも早い動きをしているからな」

信平が二人のあいだに座し、車座になって言う。

「それだけ、上様をはじめ、公儀の方々が力を尽くされているのだ。特に上様は、一日も早い復興を願われて天守閣の再建もやめられ、莫大な資金を市中に投じられておる」

矢島がうなずく。

「天守閣の話は聞いた。おぬしも同じであろう」

「麿がすることなど、微々たるものじゃ」

「謙遜《けんそん》するな。聞いたぞ、屋敷の再建より先に、縁もゆかりもない者のために、長屋を建てるらしいな。そんな奴はいない」

「そういえば、お駒殿は息災にしておるのか」

信平が話をそらすと、矢島は目尻を下げた。

「今、これなのだ」

腹に子がいる仕草《しぐさ》を見て、信平は嬉しくなった。

「それはめでたい。いつ生まれてくる」

「師走《しわす》の頃であろうかの。いや、もっと前か」

指を折っていた矢島は、とにかく生まれてくるのだと、目を細めて言った。

おぬしはどうなのだと訊かれて、信平は笑みで返した。

矢島は察したらしく、それ以上は訊かなかった。

折よく弥一郎が現れ、下座に座った。

「ただいま戻りました。信平様、明日から、長屋の普請に取りかかります」

「無理をさせたな」

「何をおっしゃいます」

「して、何軒建つのじゃ」

「材木は十分にありますので、とりあえず手前どもの土地に三十軒分ほど建て、近いうちに新たな土地を手に入れて、あと七十軒分あまり建てるつもりでございます」

信平は驚いた。

「四千両で、そんなに建てられるのか」

弥一郎はうなずく。

「安い材木を使う長屋ですから」

「さようか」

「それが終わりましたら、御屋敷に取りかかります」

「いや、それはまだよい」

弥一郎は困惑の色を浮かべた。

「何ゆえでございます？」

「建てる場所が、まだ決まっておらぬのだ」

「え、赤坂の御屋敷ではないので？」

「ふむ」

信平は、火除け地になったと教えた。すると、弥三郎と矢島が顔を見合わせて、いやがらせではないかと言う。

信平は否定した。

「公儀が定めたことゆえ、沙汰があるまで待つしかあるまい。弥一郎殿、そういうわけじゃ」

「承知しました。待ちましょう」

「それより、弥一郎殿」

「はい」

「先ほど、新たに土地を求めると申したが、麴町に買えぬか」

弥一郎は、難しそうな顔で腕組みをした。

「あそこはお城に近く、甲州街道もありますから、土地を買うとなると、ちょっと」

「足りぬか」

「いえ、そういうわけではなくて、地主が手放さないかと」

「なんとか手に入れて、十軒分でも建ててくれぬか」

「十軒分でよろしいので？」

「うむ。善衛門の別邸で面倒を見ている者たちが、麴町へ住みたいと申すのじゃ」

「まったくもって、あなた様というお方は」

弥一郎が、信平の優しさに目尻を下げた。

「分かりました。十軒分でしたら、なんとかなるかもしれません。知り合いの地主が四谷にいますので、当たってみましょう」

「よろしく頼む。今ひとつ、弥一郎殿に申しておくことがある」

信平の表情が険しくなるのを見た弥一郎は、居住まいを正した。

「なんでございましょう」

「近頃、材木問屋を狙った殺しが起きているそうじゃ。夜は出歩かぬように伝えてくれと、五味から頼まれた」

弥一郎は深刻な顔でうなずいた。

「そのことでしたら、手前も聞いております」

「それゆえの、用心棒であったか」

信平は矢島を見た。

すると矢島は、首を振る。

「おれは、おぬしの金を守るために雇われたのだ。おかげで、酒を飲みながら一両も稼げたぞ」

小判を見せられた信平が弥一郎を見ると、

「物騒ですからね。金蔵の番をしてもらっているのですよ」

弥一郎はそう言ったのみで、頼宣の意向を忖度し、一万両のことは言わなかった。

そして、厳しい顔をする。

「信平様」

「うむ」

「材木問屋殺しは、金がらみではないでしょうか。これから江戸は、建物の再建がはじまりますから、材木が飛ぶように売れます」

「実は五味も、そう申していた。材木問屋を潰して、儲けを独り占めにしようとする輩の仕業ではないかと睨んでいるようじゃ」

「それで、兄に気をつけろと」

弥三郎が納得して言うと、

「へどが出そうな話だな」

矢島が言った。

弥一郎はため息をつき、肩を落とした。

「同業の者にそのような者がいるとすれば、悲しいことです。こんな時だからこそ、力を合わせねばならぬのに」

「磨もそう思う。人の難事に乗じて金儲けをたくらむなど、悲しいことよ」

弥三郎が首をかしげ、弥一郎に言う。

「でも兄さん、材木の値を上げぬよう御公儀からお達しが出ておりますから、儲けようはないはずでは」

弥一郎は首を振った。

「だからこそ、大店を潰しにかかったのだ。値を上げられないなら、商売敵が一軒でも少ないほうが、儲けを独り占めできるからね」

「ではやはり、信平さんの言うとおり、出かけないほうがいいですね」

「そうもいかないのだよ、弥三郎。これから、浅草に行かなきゃならないんだ」

「浅草へ？　何をしに行くのです」

「伊勢《いせ》の大室《おおむろ》藩が、江戸市中の再建のために、御領地の材木を格安の値で出される知らせがあってね。その材木の割り振りを決めるために、江戸中の問屋が御下屋敷へ集まるのだよ」

「それは、危ないですな」矢島が言った。「広く知らされているなら、狙う者はこの機を逃しませんよ」

「しかし、今は一本でも多く材木がほしい。徹夜で疲れているところすまないが、お前たち二人で、わたしの警固をしてくれないか。もう一両ずつでどうだね」

「乗った」

即答する矢島を横目に、弥三郎が弥一郎に言う。

「蔵の警固は誰がするんです」

「いくらなんでも、昼間に押し込みはないだろう」

「心配だなあ」

「では、麿がまいろう」

弥一郎は慌てた。

「いけません。信平様に守ってもらうなど、おそれおおい。蔵の警固は店の者に言いつけて守らせますし、店の外も町役人に守ってもらいますから、大丈夫です」

「世話になるのだがら遠慮は無用じゃ。蔵の心配がなければ、三人でそなたを守る。下手人が来れば、捕らえてやろう」

「よし、決まった」

矢島が立ち上がり、町役人を連れて来ると言って部屋を出た。

信平は、蔵の警固の手配を終えて出かけた弥一郎に付き添い、浅草に向かった。

五

大室藩の下屋敷は、浅草寺《せんそうじ》の北側にある。田圃に囲まれているせいで、田植え時期に水を張られた時は、湖面に浮かぶ屋敷のように見えるのだが、冬の今は、春を待つ鶴が舞う景色の中にあり、これもまた風情《ふぜい》がある。

信平は、空から舞い降りる鶴を眺め、景色を楽しみながら歩んでいた。

肩を並べている矢島が、ぼそりとこぼす。

「時々鶴を食いたいという客がいるが、おれはどうも、出す気にならぬ。あのように美しい鳥を、よく食べようと思うな」

すると弥三郎が答えた。

「食べたことはありませんが、旨いらしいですよ」

「わたしは、あまり旨いとは思わなかったね」

弥一郎が言うので、信平たちは一斉に注目した。

弥三郎が訊く。

「兄さん、食べたことがあるのですか」

「材木問屋の寄り合いで一度だけね。なんと言ったらいいか分からないけれど、味がどうも、わたしの口には合わなかった。魚のほうがよっぽどいい」

弥一郎は肉の味を嫌うのか、顔をしかめている。

鶴料理の話をしているうちに、大室藩下屋敷の門前に到着した。門前には、門番と共に藩士が四名ほどおり、客の一人一人に目を光らせている。

「深川の、立木屋でございます」

弥一郎が名のると、藩士の一人がうなずき、信平に目を向けた。

「こちらのお方は」

「はい、このお方は――」

「用心棒にござる」

信平が、弥一郎の口を制すように告げた。

今日の信平は、羽織袴を着けていた。大室藩が、猪山近宗のように、信平をよく思っていない者と繋がりが深ければ、立木屋に材木が回らぬようになるかもしれないと案じての計らいだ。

藩士が、弥三郎と矢島を睨み、弥一郎に訊く。

「他の者も用心棒か」

「はい。何せ近頃は、物騒ですから」

暗に材木問屋を狙う殺しを示すと、門番は納得した面持ちをした。

「よし、入れ」

「ありがとうございます」

門番の案内で潜り門から入ると、中にいた別の藩士が弥一郎を連れて左へ行き、信平たちは、

「こちらへまいれ」

横柄《おうへい》な態度の藩士に手招きされ、右へ進んだ。

向こうだ、と言われるまま信平たち用心棒三人が進むと、広大な庭に陣幕が張ってあり、案内に従って中に入ると、先客がいた。

あるじの供をしてきたのであろう番頭風の者や、用心棒らしき者たちが長床几に座り、寒空の下で待っているのだ。

暖を取るために篝火が焚かれていたので寒くはないが、

「外で待たせるとは、無礼な扱いじゃ」

用心棒の一人が、不機嫌に言っている。

信平たちは、空いた場所に座り、弥一郎が出てくるのを待った。

弥三郎が、今にも泣きそうな空を見上げて言う。

「どのような話か知りませんが、長くなりますかね」

矢島が答える。

「材木商売のことはよく分からぬが、よい木が安く手に入るとなると、争奪戦になろうな。風呂敷包みを抱えていた者を見た。中身はおそらく、付け届けだろうな。そういえば弥一郎殿は、そのような物を支度しているのか」

弥三郎は、他の者の目を気にして、指を一本立てた。

「うむ？」

矢島が訊く顔をすると、弥三郎は小声で教える。

「懐に、百両の目録を忍ばせています。状況を見て渡すつもりだと言っていました」

矢島がのけ反った。

「小判ではなく目録なのか」

「目に付く物だと、持って帰りにくいですから」

「さすが、ぬかりはないな」

商人の知恵なのだろう。話を聞いていた番頭風の男が、感心する矢島を見て鼻で笑った。

信平に見られているのに気付いた番頭風の男が、慌てたような顔をして目をそらした。そしてすぐに目を戻し、今度はにやけると、腰を低くして歩み寄ってきた。

「ここ、よろしいですか」

信平の隣を示し、返事を待たずに座った。

「お侍様は、どちら様のお連れの方ですか」

「立木屋じゃ」

男が驚いたような顔をした。

した。

「お侍様はなんだか、大名家の殿様のようでございますね」

信平が黙っていると、男は立ち上がり、信平の頭のてっぺんからつま先まで見下ろした。

「おい、無礼であろう」

矢島が不機嫌に言うが、男は無視して信平に訊く。

「失礼ですが、お名前は」

「そなたの名はなんと申す」

「手前は末吉《すえきち》と申します。浅草材木町の常陸屋《ひたちや》で、手代をしております」

そう名乗り、信平が名乗るのを待つ顔をした。

「松平じゃ」

末吉が目を見張った。

「お名前から察するに、立派な御家柄の旦那じゃございませんか」

「今は、立木屋で世話になっておる」

「それで、用心棒をなさっているのですか。ひょっとして、火事のせいですか」

あらかた間違いではないため、信平はうなずいた。

末吉は、気の毒なことだと言い、弥三郎たちを見た。

「皆さんもですか」

弥三郎と矢島は顔を見合わせて、返事をしなかった。

末吉が笑みを浮かべて言う。

「でも心配いりません。ここのお殿様が、お国許の山から出した材木を、民のためにただ同然でお配りになるそうですから。江戸の町は、すぐ元に戻りますよ。でもね、皆さん気をつけてください」

末吉が声を大にして言うと、他の者たちが集まってきた。

囲まれたところで、末吉が告げる。

「うちの旦那様によると、材木問屋ばかりを狙った殺しは、どうやら大室藩の材木を一本でも多くいただこうとたくらむ者の仕業らしいですからね」

そこまで言った末吉は、集まる者たちを疑う目で見回した。

「案外、この中に下手人がいたりして」

言われた用心棒たちが、警戒する目で互いを見ている。

「やれやれ、末吉さんの冗談にも、困ったものですな。すっかり雰囲気が悪くなりましたよ」

声がするほうを信平が見ると、中年の男が立ち上がり、用心棒たちを分けて前に出てきた。

生地のよい着物を着ている男は、大店のあるじのような貫禄《かんろく》がある。

男は名乗らず、皆に言う。

「大室藩の材木は確かに安いです。けどね、その分、建物も安くするのが引き渡しの条件になっているのですから、大工の手間賃を払えば赤字になりかねない。問屋は儲かるどころか、下手をすると赤字だ。そのような材木を、人を殺めてまでほしがりますかね」

「あんた、それは確かかい」

末吉が慌てた様子で訊くと、男はうなずいた。

「常陸屋さんをお見かけしましたが、一人じゃ持てない荷物がありましたね。相当な額の付け届けを持ってこられたとお見受けしましたが、違いますか」

末吉は胸を張った。

「うちの旦那様は、五百両です」

「それは、もったいない。材木とて、ただみたいな物ですから、どうせよい物ではないでしょう。騙されたようなものですよ」

男は、金を払って疫病神を招き入れるようなものだと言い、哀れんだ。

末吉が不安そうな顔をした。

すると、用心棒の一人が男に訊く。

「あんた、どこの店の人だ」

「申し遅れました。上野の飛驒屋《ひだや》で、番頭をしております」

飛驒屋の番頭は穏やかに言い、頭を下げた。

信平が訊く。

「では、飛驒屋は付け届けを出さぬのか」

「はい」

一文も持って来ていないという。

末吉が困惑した様子で訊く。

「それじゃ飛驒屋さんは、なんのために来たんだい。うちの旦那様は、付け届けがなきゃ材木を回してもらえないとまでおっしゃっているというのに、一文も出さないなんておかしいだろう」

「さあそれは、手前には分かりかねます。旦那様のお考えですから」

番頭はそう言うと、話を切るように背を向けて、元の場所に戻って座った。

末吉は心配になってきたと言い、先ほどまでの元気はなくなった。

場は白け、集まっていた者たちは元の場所に戻り、静かになった。

その頃、下屋敷の大広間では、大室藩江戸家老の穐山為由《あきやまためよし》の前に集まった材木問屋に対し、藩の者が、材木払い下げについて説明していた。

利発そうな若い藩士が帳面を見ながら、払い下げとなる材木の種類と、大きさなどを事細かに言い、材木問屋たちに、公儀から依頼されているものを含め、請け負っている仕事の内訳をすべて出すよう求めた。

弥一郎は、深川の開発に携わっている証を見せ、信平から受けた仕事は口頭で伝えた。

それを訊いた若い藩士が、慌てて穐山家老に知らせると、穐山家老は驚き、伴って弥一郎のところへ来た。

「立木屋、この者に申した内容は間違いないか」

「はい」

「おお、では、あの噂はまことであったか」

弥一郎は不思議そうな顔をした。

「噂とは、なんのことでしょうか」

「鷹司松平様が、自分の屋敷をあと回しにしてまで、民のために長屋を建てるという噂じゃ」

弥一郎は笑みを浮かべた。

「はい。今申し上げたとおりにございます」

すると、白髪の小さな髷《まげ》を頭に載せた亀山家老は、長く伸びた白髪の眉毛をへの字にして、うん、と喜びの声をあげ、手で膝を打った。

「我が殿はその噂を聞いて、いたく感動なされてな。自分も見習うとおっしゃり、領地の材木をただ同然で出すと決められたのじゃ」

「さようでございましたか」

「殿はまだ十八じゃが、鷹司松平様も、お若いと聞く」

「はい」

「いくつになられた」

「はっきりとは存じませぬが、お若《わこ》うございます」

「さようか。一度、お目にかかりたいものじゃ」

弥一郎はどうするか迷ったが、勝手は控え、微笑むだけにしておいた。

「そなた、直にお会いしたことがあるのか」

「ございます」

「どのようなお方じゃ」

「そうですね。まるで、雲のようなお方でございます」

「くも？　空に浮かぶ雲か」

「はい」

「ほう、雲のう。よう分からぬが」

「ふわふわとした、優しいお方にございます」

「なるほど」

想像がつかぬのか、稙山家老は微妙な顔をしている。

いつの間にか大広間が静まっていた。皆が、二人の話に耳をそばだてていたのだ。

信平のことを知り、優しげな顔をする者がいれば、欲深い者は、へそを曲げたような顔つきをしている。

「おそれながら、御家老様に申し上げます」

男が声をあげた。

「うむ、なんじゃ」

「材木が安く手に入るのはありがたいことですが、そのままの値で売れと言われたのでは、どうにもなりませんな」

男は、静まっている今を逃さぬとばかりに、不服をぶつけた。

稙山が飄々《ひょうひょう》とした面持ちで訊く。

「そのほう、名は」

「飛驒屋勝左衛門《かつざえもん》でございます」

名乗った勝左衛門は、欲深そうな顔とは違う神妙な態度で、頭を下げた。

稙山が穏やかな顔で言う。

「飛驒屋と申せば、名が知れた大店ではないか」

「おかげさまで」

「して飛驒屋、どうにもならぬとは、どういうことじゃ。面を上げて申せ」

頭を上げた勝左衛門は、狡猾《こうかつ》そうな目を稙山に向けて言う。

「鷹司松平様がなされようとしていることは、ご立派でございます。お殿様が鷹司松平様を見習われるのは、火事で家を失った人たちにとっては喜ばしいことでございましょう。しかしながら、手前ども商人は、物を売って生きる糧《かて》を得ております。安い値で材木を売るにしても、人足代も出ないのでは、ただ働きも同然。それでは、食べて行けません」

それを聞いた材木問屋たちは、賛同の声をあげる者が多い。

「御家老、いかがでございましょう。ここは、売り値をあと二割、いや、一割上げることを許してやれば、この者たちも助かると思うのですが」

勘定方《かんじょうがた》の根津博康《ねづひろやす》が言上《ごんじょう》したが、稚山は首を縦に振らなかった。

「これは、ご上意である。殿は、家を失《うしの》うた者たちを助けようとされておるのだ」

「はは」

根津は引き下がった。

稚山は、商人たちを見て言う。

「なれど、飛驒屋が申すことも、もっともなこと。よって、無理にとは申さぬ。不服がある者は、この話はなかったものと思えばよい。民のために一肌脱ぐ気がある者のみが、残られよ。材木の引き渡しについて申し伝える。もうひとつ、付け届けは一切受け取らぬゆえ、持ち帰られよ」

稚山が強い口調で告げると、飛驒屋は不服げな顔で立ち上がり、肩を怒らせて帰った。

他の材木問屋たちも立ち上がり、最後まで残ったのは、弥一郎だけだった。

弥一郎は、紀州徳川家から預かった一万両がある。今こそ、この金を活かさなくてはならぬと思い、残ったのだ。

弥一郎の覚悟を確かめるように見た穐山は、満足そうに言う。

「では、立木屋、改めて申し渡す。藩の材木を、ただちに引き渡す。店が潰れぬ程度の値で売り、江戸の復興に尽力してくれ」

「値を上げても、よろしいのですか」

弥一郎が驚いて言うと、穐山はうなずいた。

「そなたは、赤字覚悟で残ってくれた。民のことを思うそなたが店を失うのは忍びない」

根津が言う。

「御家老、まさか、材木問屋どもの覚悟を試すために、あのように悪い条件を出されたのですか」

穐山はしてやったりという顔で答える。

「この機に乗じて儲けられたのでは、殿のご意向に背くことになるゆえ、我が藩の材木を使う者は、本気で民を思う者でなくては困る」

「なるほど」

弥一郎が、膝をぽんとたたいた。

稙山が微笑む。

「立木屋」

「はい」

「鷹司松平様の長屋には、是非とも我が藩の材木を使うてくれ」

「かしこまりました。おかげさまで、より多くの人を助けられます」

材木の受け渡し日を告げられた弥一郎は、なんだか嬉しくなり、軽い足取りで大広間を辞した。


「というわけで、信平様、長屋を増やすことができますし、土地がお決まりになれば、御屋敷も建てられますぞ」

弥一郎は、皿の葛餅《くずもち》を食べた。

下屋敷から帰った信平たちは、浅草の葛餅屋で一休みしようと立ち寄っていたのだが、茶を飲んで一息ついたところで、弥一郎は家まで待ち切れないと言い、稙山家老とのやり取りを興奮気味に話したのである。

信平は感心した。

「なるほど、なかなかに、優れたお人のようじゃ」

弥一郎が言う。

「藩の若殿様が、信平様を見習うと申され、材木を出すと決められたそうです」

「ふむ、さようか。麿のことは別として、民のためになるのは喜ばしいではないか」

「材木の引き渡しは来月からはじまりますので、長屋の普請を急がせて、材木置き場を空けなくては。忙しくなります」

「では、帰ろうか」

「はい」

弥一郎が店主に声をかけ、葛餅の代金を床几に置いた。

信平は皆と共に、舟を待たせている船宿に向かっていたのだが、緋毛氈を敷いた長床几を出しているだんご屋を見つけて足を止めた。松姫と、初めて出会っただんご屋だ。

今日も繁盛していて、店の者が忙しく働いている。

ふと、松姫の香りがしたような気がして、道を行き交う者たちに目を向けた。

赤い打掛けを着たおなごの後ろ姿に、目が止まった。まさかと思ったが、隣には、薄紫色の着物を着た侍女とおぼしき者を従えている。

「姫」

思わず言い、信平はあとを追った。

「姫!」

声をかけると、おなごが振り向いた。

後ろ姿は似ていたのだが、別人だった。

「すまぬ、人違いをいたした」

信平が詫びると、女は優しく微笑み、供の者は、警戒の目を向けている。

信平は頭を下げて、その場から去った。

だんご屋の前では、弥三郎たちが哀れんだような顔で見ていたが、信平が戻ると、

矢島が何も言わずに、肩をぽんとたたいた。

六

信平たちが船宿に向かった頃、大室藩の下屋敷から出かける者がいた。

勘定方の、根津博康だ。

根津は、下屋敷から離れると、覆面で顔を隠し、真っ直ぐ浅草の田町《たまち》に行き、竹屋《たけや》という旅籠《はたご》に駆け込んだ。

出迎えた女中に、宿を取っている者の名を告げ、

「呼ぶまで、来なくてよい」

そう申し付けると、二階に上がった。

荒々しく障子を開けて入り、耳目がないのを確かめて閉めると、振り向いて言う。

「飛騨屋、家老にしてやられた」

亀山が弥一郎に告げた内容を教えると、飛騨屋勝左衛門が不機嫌な顔をした。

「根津様、話がずいぶん違うようですな。藩の材木を手前にまかせるよう仕向ける約束だからこそ、大金をさしあげたのですぞ」

「許せ。まさか、あの条件で残る者がおろうとは思わなかったのだ。まして、家老にあのような魂胆があるとは、知らなかった」

「このままでは、金儲けができませんよ」

「かと申して、わしにはどうすることもできぬ。金は返す」

根津は詫びて、袖から二十五両の包み金を二つ出した。

「それは、取っておいてください」

「しかし……」

「まあ、お待ちなさい。家老が材木を安く売ることは、このわたしが許しませんよ」

「どうするつもりだ」

「この際、邪魔者には消えてもらいましょう。そうすれば、根津様、次はあなたが家老だ」

根津は驚いたが、自分より他に適任者がおらぬと思ったか、含んだ笑みを浮かべた。

「確かに、そうなろう」

「家老になれば、殿様が国許におられるあいだは、あなた様の思いのまま。国から送られる材木をすべてまかせていただければ、うまくさばいてご覧に入れましょう。たっぷりと、お礼をさしあげることができますぞ」

飛驒屋は、悪だくみを含んだ顔をすると、金を押し返した。

根津は、金に手を伸ばしたが、躊躇して、難しげな顔を飛驒屋に向けた。

「しかし、材木を出すのは殿のご意向だ。しかも、受け取る者はすでに決まった。家老を殺しただけでは、材木はそちの所へ来ぬかもしれぬぞ」

「根津様、お忘れですか」

「近頃は、材木問屋ばかりを狙った殺しが起きております。江戸は物騒ですから、立木屋の身に、何が起きるか分かりませんよ」

「何をだ」

「まさか、おぬし……」

根津が、下手人はおぬしかと言いかけて、息を呑んだ。飛騨屋が、恐ろしい目をしていたからだ。

「根津様、市中で起きている物騒なことには、関わらぬほうがよろしいかと」

鋭い目を向けられて、根津は身構えた。

飛騨屋は、根津を睨みながら言う。

「立木屋は気になさらずに、あなた様は、すべきことをしてください」

「わしに、家老を殺せと申すか」

「たかが老人一人、その気になれば、容易いではないですか」

飛騨屋が、ねっとりとまとわりつくような笑みを浮かべた。

根津は目を泳がせて言う。

「家老を暗殺しても、立木屋はどうする。鷹司松平様が仕事を頼まれているのだ、殺せば厄介なことになるぞ」

「材木屋を殺している下手人にとっては、なんの恐れもありませんよ」

飛騨屋は他人事《ひとごと》のように言った。

階段を上がる人の気配がして、障子の向こうから声をかける者がいた。

「ただいま戻りました」

「お入り」

飛騨屋が許すと、番頭が顔をのぞかせて飛騨屋に報告した。

「立木屋は、船宿に入りました」

「深川に帰るつもりだね」

飛騨屋はそう言うと、着物の袖から二十五両の包み金をひとつ出し、背後の襖の前に置いた。

すると、ゆっくり襖が開けられ、何者かが手を伸ばし、金を受け取った。

人がいたことに驚いた根津は、その者の顔を見ようとした。だが、恐ろしい殺気を感じて、慌てて目をそらした。

ごくりと喉《のど》を鳴らして顔を青ざめさせている根津を見て、飛騨屋が薄笑いを浮かべる。

「そう怯えなさるな。立木屋については、うまく始末しますから」

「わ、分かった」

根津はそう言うと、飛驒屋の後ろにいる者を見た。

浪人者のようだが、後ろに束ねた総髪は鬢付油《びんつけあぶら》で整えられ、乱れた髪が一本もない。

着ている物も清潔で、腰の差し物のこしらえもよく、どこぞの若隠居という風体《ふうてい》だ。

男の背後では、二人の浪人者が酒を飲んでいた。

「杉田《すぎた》先生、よろしくお願いしますよ」

「次は、立木屋を斬ればよいのか」

「はい」

飛驒屋が答えると、杉田は刀を畳に立て、番頭に鋭い目を向けた。

「用心棒は何人だ」

「三人おりますが、そのうちの一人は、松平の姓を名乗りました」

「松平だと！」

根津が思わず、尻を浮かせた。

「まさか、鷹司松平様ではないのか。狩衣を着ていなかったか」

「いえ、武家らしく、羽織袴姿ですが」

そう言った番頭が、待てよと言い、首をかしげた。

「そういえば、言葉づかいが、なんだか殿様のようでした」

「やはり、鷹司松平様だ」

根津が怯えた声で言うと、飛騨屋が鼻で笑った。

「馬鹿な。そのようなお方が、材木問屋の用心棒をされるわけがない」

「本物だったらどうする気だ」

「言ったでしょう。この者たちには、身分が高い低いはどうでもいい。狙った獲物を仕留めるだけですよ」

飛騨屋は、立木屋を深川に帰すなと番頭に言い、杉田たちの道案内を命じた。

「そうおっしゃると思いまして、手は打ってあります」

番頭は意地の悪そうな顔で告げ、杉田たちを案内した。


信平たちは、刺客が放たれたことなど知る由もない。

船宿に待たせていたはずの川舟は、どういうわけか出払っていた。

船宿の者が、もうすぐ別の舟が戻るので待ってくれと言い、酒肴《しゆこう》を出した。

弥三郎は他の船宿に行こうとしたが、すぐ戻ると言って引き止められた弥一郎が、信平を見てきた。

船宿の者が申しわけなさそうにしているのを気にした弥一郎は、待ってもいいという。

信平に異論はなく、待つこととした。

舟が戻ったのは、四半刻《しはんとき》（約三十分）後だった。

急ぎの客に大金を積まれたらしく、船頭が向こう岸まで送ったと平あやまりする。

雇い主の弥一郎は怒りもせず、いいんだ、と言って乗り込んだ。

舟はすぐ、大川に滑り出た。

江戸の空は晴れていたが、川風は冷たく、一番後ろに座っている弥三郎は、背を丸めて震えていた。

その姿を見て笑っていた矢島が、船頭の向こうに目を向け、険しい顔をした。

「信平殿、妙なのが来ているぜ」

矢島に言われて、信平は後ろを見た。

大川は多数の舟が行き交っていたが、その中で、こちらに真っ直ぐ向かってくる舟が二艘《そう》いる。

「前からも来ます」

弥一郎が、川下を指差した。

こちらも二艘。川上に真っ直ぐ向かう舟がある中で、斜めに横切り、向かってくる。

それぞれ、舟を操る者しか乗っていないが、信平たちが乗る舟より、一回り大きい。

船頭が怯えて言う。

「旦那方、あれに体当たりされたら、ひとたまりもなく沈みますぜ」

「なんとか岸に着けろ」

矢島が言うと、船頭がへいと答えて、巧みに操って舳先《へさき》の向きを変え対岸を目指した。

葦原の中に小さな船着き場を見つけた船頭が、横着けした。

追ってきていた舟が、信平たちが岸に上がるのを見て、向きを変えた。

遠目に離れてはいるが、立ち去る気配がない。

「ここからなら、小名木川まで歩いて行けますよ」

岸に上がると、船頭が道案内すると言うので、信平たちはそれに従うことにした。

「何者だろうか」

枯れ草の中、道なき道を歩く羽目になった矢島が、忌々《いまいま》しげに舟を見ている。

「待て」

先頭を歩く船頭を止めた信平は、皆の前に出た。

草道の先には、古い船小屋がある。信平は、その小屋を睨んだ。

「どうやら、罠《わな》にはまったようだな」

すると、船頭が走って逃げた。

船小屋の中から数名の浪人者が現れて走り、信平たちの前に立ちはだかった。そして刀を抜き、取り囲む。

「問答無用か」

信平が言うと、

「おもしろい」

矢島が隣に並び、抜刀した。

「久々に、暴れますか」

そう言った弥三郎が背後を守って抜刀し、弥一郎の腕をつかんで引き寄せ、離れるなと言った。

信平は、頭目とおぼしき男と対峙した。

信平は名を知らぬが、この男は、先回りをしていた杉田だ。

杉田は、刀も抜かず、ゆったりと立つ信平を睨み、一歩下がった。

「者ども、皆殺しにしろ」

応じた浪人どもが一斉にかかってきた。

矢島が左に走り、向かってくる浪人に立ち向かった。

弥三郎は別の浪人と対峙し、弥一郎を信平のほうに押して刀を正眼《せいがん》に構えた。

浪人が猛然と迫る。

袈裟斬りの一刀を受け流した弥三郎は、気合をかけて刀身を転じた。

片手斬りに足を払われた浪人は腰から地面に落ち、浅手を負わされた右足を押さえて激痛に呻《うめ》いた。

信平は、弥一郎を背にして走り、正面から来る浪人の懐に飛び込み、上段から斬り下ろされた刃をかわして前に出た。

背後で呻き声があがり、浪人が、斬られた太腿《ふともも》を押さえて倒れた。信平の左手には、隠し刀がにぎられている。

「おのれ、こしゃくな！」

別の浪人が怒鳴り、信平に向かってきた。それに合わせて、もう一人が右手から迫る。

信平は迷わず左の敵に向かい、逆袈裟に斬り上げられた相手の太刀筋を見切ってかわしざまに、隠し刀を一閃する。

手首を斬られた敵が刀を落とすのを見もせぬ信平は、背後から斬りかかったもう一人の攻撃を右に転じてかわした。

幹竹割《からたけ》りを空振りした敵が、右に逃げた信平を追って、片手で刀を振るう。しかしその右肘《ひじ》に、隠し刀の切っ先が突き刺さった。

激痛に悲鳴をあげた浪人は、信平の手刀を後頭部に食らって昏倒した。

信平、矢島、弥三郎に襲いかかった浪人者は五名だったが、ほんの僅《わず》かなあいだに倒された。

残った杉田は、その状況を驚きもせず、信平を睨みながら言う。

「なかなかおもしろい剣を遣うのう」

そして薄い笑みを浮かべ、ゆるりと抜刀して正眼に構えた。

これまでの浪人とは違い、凄まじい剣気を感じる。

信平は、前に出ようとした矢島を止め、隠し刀を納めて狐丸を抜いた。

相手に対して左足を出し、身体を横向きにした信平は、左の手刀を顔の前に立て、右手ににぎる狐丸の刀身を隠す構えをする。

杉田は、正眼に構えた刀の切っ先を信平の顔に向けた。そして大上段の構えをするやいなや迫り、鋭く斬り下げた。

その威力、速さとも凄まじく、信平は辛うじて切っ先をかわしたものの、追って横に一閃された刃風により、頰の薄皮を斬られた。

信平の頰に、僅かに血がにじむ。

「次は逃さぬ」

杉田は、ふたたび大上段に構え、じりじりと迫る。

信平は、左足を出して横向きになり、両腕を広げる。

杉田は、切っ先が届く位置まで間合いを詰めて打ち下ろす。

「たあ！」

凄まじい破壊力を秘めた一刀が、信平の頭上に迫った。

その刹那、信平が右に身体を転じて攻撃をかわし、空振りした相手の背中を狐丸で斬る。

「ぐわ」

背中を斬られた杉田が、信じられぬという顔を向けたが、目を見開いたまま仰向けに倒れた。

動ける者は逃げた。

足を斬られて身動きできぬ浪人どもは、杉田を倒した信平に恐れおののき、命乞いをした。

信平は、狐丸を鞘に納めたが、鋭い目を船小屋に向けるやいなや、左手を振り、隠し刀を放った。

「ひ、ひぃ」

着物の袖を貫かれ、壁板に釘付けにされた男が、悲鳴をあげた。

飛驒屋の番頭と気付いた信平が、壁から隠し刀を抜き、切っ先を喉元に向ける。

「まま、待ってください。どうか命ばかりは、お助けを」

「ならば答えよ」

「はい、はい」

「これまで材木問屋を斬っていたのは、この者か」

「そそ、そうです」

「命じたのは、飛騨屋か」

番頭はきつく目を閉じ、観念してうなずいた。

信平は、江戸の民の災難を利用して金を儲けようとしていた飛騨屋の悪事を知り、怒りに身を震わせた。

七

飛騨屋勝左衛門がお縄になったのは、信平が杉田を倒した、その日の夜だ。

踏み込んだ五味から三日後に聞いた話によると、飛騨屋の金蔵には、千両箱が積み上げられ、小判が唸《うな》るほどあったという。

観念した飛騨屋は、材木問屋殺しも白状していた。杉田のような金で人殺しを請け負う輩を雇い、商売の邪魔になる者たちを殺させていたのだ。

深川から青山の葉山家別邸に帰っていた信平は、知らせてくれた五味に礼を言い、お初が調えてくれた朝餉を共にとった。

味噌汁を喜んだ五味は、あくびを嚙《か》み殺している。

「眠いのか」

問う信平に、五味は笑った。

「信平殿のおかげで、ようやくゆっくりできます。今日はもう帰って、思う存分寝ますよ」

「それはよい。しっかり休んでくれ」

「ではまた来ます。お初殿、ごちそうさまでした」

五味は笑顔で帰っていった。

入れ替わりに戻ったのは、昨日から城に行っていた善衛門だ。

部屋に入るなり、信平の前に座して言う。

「殿、大室藩の勘定方ですが、二日前に病死したそうです」

「腹を斬ったか」

「おそらく」

信平はうなずいた。

「藩侯が事実を知れば、悲しまれるであろうな」

「下手をすると、御家断絶になりかねぬ騒動でござった。江戸の民のために材木を出されておらねば、どのようになっていたことか」

「あるいは材木を出さなければ、此度の騒動は起きていなかったかもしれぬ」

「その材木ですが、立木屋に渡す話はなくなったそうですぞ」

信平は驚いた。

「何ゆえじゃ」

「此度のような悪事が、二度と起こらぬようにするためだそうです。大名が支援のために出す材木は、すべて公儀が管理し、必要に応じて材木問屋に渡すそうです」

「つまり、公儀の仕事を受けた者が優先されるということか」

善衛門が渋い顔でうなずく。

「これには、猪山が絡《から》んでおるとしか思えませぬ。あの馬鹿者は、江戸の守りを固めるのが先などと言い、本丸御殿はもちろん、大名屋敷の再建を最優先とし、材木を確保しようとしておるのです」

「では、長屋の普請は遅れるか」

「思いますに、猪山は殿の邪魔をしようとしているに違いござらん。このままでは、長屋はおろか、屋敷の再建がいつできるか分かりませぬぞ」

「敷地がまだ決まっておらぬのだから、焦らずともよかろう」

善衛門は眉間に皺を寄せた。

「また呑気なことを。殿は奥方様をお迎えする気がござらぬのか」

「そのことだが……」

信平が言うのを躊躇うと、善衛門が膝を進めて身を乗り出した。

「言うてくだされ」

信平は寂しい気持ちを噛み殺し、微笑んで言う。

「姫は、今日の未明に国許へ発った。江戸には、紀州藩の上屋敷が再建されてから戻るそうだ」

「なんですと、あのくそ親父が申したのでござるか」

「そうではない。これは姫の意志だ」

信平は、松姫から手紙を受け取っていると教えた。

善衛門は不安そうな顔をして言う。

「殿、ずっと考えていることがござる」

それまで廊下で黙っていた佐吉が、

「ご老体」

声をかけて、善衛門の口を止めようとした。

信平が言う。

「佐吉、よい。善衛門、言いたいことがあれば申せ」

善衛門が目に涙をためている。

「いかがした」

信平が問うと、善衛門は鼻をすすった。

「お手紙は、確かに奥方様の字ですか」

「何が言いたい」

「奥方様は、生きておいでなのでしょうか」

思いもよらぬ問いに、信平は言葉を失った。

「お手紙は、まことに奥方様が書かれた物でしょうか」

「善衛門、なぜそう思うのだ」

「これは、言えずにいたのですが、先日、紀州藩の下屋敷を訪ねた際、竹島《たけしま》殿が、血だらけの包帯を入れた桶を持っておるのを見たのでござる。竹島殿は、奥方様の侍女ですから――」

「馬鹿な」信平は、その先を言わせぬ。「頼宣様は、麿に姫を迎えにまいれとおっしゃったのだ。あり得ぬ」

珍しく語気を強める信平に、善衛門が言う。

「だからこそにござる。あの頼宣侯が急に変わられたのは、奥方様に殿のお顔を見せて、励まそうとされたのではござら――」

善衛門が言い終える前に、信平は部屋から飛び出していた。

「殿！」

佐吉が追ったが、門の外に出た時には、もう姿がなかった。

信平は、品川へ走っていた。

紀州藩の大名行列は未明に発っている。急げばまだ追い付けるはず。

「殿！　殿！」

背後に蹄《ひづめ》の音が近づき、佐吉の声がした。

信平が止まると、追い付いた佐吉が馬から降りて手綱を渡す。

「これにお乗りください。大海殿が、殿のために置いて行かれたのです」

葉山の別邸にはおけぬので、近所の農家に預けていたのだと言った。

「すまぬ」

信平は馬に飛び乗り、松姫を追って馳《は》せた。

品川宿に着いてからは馬を引き、宿場の者に、紀州徳川家の大名行列が通ったか尋ねた。

狩衣姿の信平に訊かれて、土産物屋の亭主は驚いた顔をしていたが、

「紀州様の行列は、ずいぶん前に通りましたよ」

それは見事な行列だったと、丁寧《ていねい》に教えてくれた。

思ったより足が速い。

信平は急いで宿場を抜け、ふたたび馬を走らせた。

行列に追い付いたのは、川崎宿《かわさき》の手前だった。

馬を降りて行列を追う信平に気付いた馬上の家来が、慌てて馬の向きを変えてきた。

「何者か！」

謀反を警戒しながらの旅路だ。行列を追う信平を曲者とみなし、手槍の穂先を向けてきた。

「待たれよ。松平信平にござる」

信平の名を聞いて、家来が慌てて馬から降りた。

「これは、ご無礼をいたしました」

「無礼を承知でお願いいたす。松姫に会いたい。頼宣様にさようお伝えください」

「いや、しかし」

「お願いいたす」

家来は躊躇していたが、

「しばしお待ちを」

馬に跨《また》がり、行列の前に走らせた。

御三家の行列となると、人数は半端ではない。長い行列の先はどこまでも続いているように見えた。

家来から報告を受けた頼宣は、驚いて駕籠の後ろに目を向けたが、外に出ることはなく、家来に命じた。

程なく戻ってきた家来が、信平に頭を下げて告げた。

「川崎宿までご同道くださりませ」

姫の駕籠とおぼしき姿が遠目に見えるが、粛々《しゅくしゅく》と進む行列が止まることはなかった。

礼を述べた信平は馬を引き、その家来の付き添いを得て行列に続き、川崎まで行った。

本陣に案内され、通された部屋で待っていると、程なく、頼宣が現れた。

頭を下げる信平の前に座り、告げる。

「面を上げよ」

いつもと違い、沈んだ声だ。

顔を上げた信平は、非礼を詫びた。

「かまわぬ」

「松姫に、一目会わせていただけませぬでしょうか」

頼宣は、しばし考える顔をしてから答えた。

「すまぬが、今日は会えぬ」

「まさか、姫の身に、何かございましたか」

「何かとは、なんじゃ」

訊かれて、信平は勇気を出して言った。

「姫が、この世におらぬと申す者がおります」

頼宣は、じっと信平の目を見た。そして、恐ろしげな笑みを浮かべて言う。

「誰が申したか知らぬが、そのようなことは決してない」

「では、会わせていただけませぬか」

「案ずるな。姫は生きておる。それより、屋敷地を失ったと聞いたが、まことか」

「はい」

「いやがらせをしておるのは北条か、それとも猪山か」

信平は分からぬと答え、誰とも言わなかった。

「まあよい。わしに考えがある。すべては、江戸に戻ってからじゃ。それまで、楽しみに待っておれ。見送り、ご苦労であった」

頼宣はそれだけ告げると、部屋から出た。その背中が、引き止めるのを許さぬと言っている気がして、信平は声をかけることができなかった。

「待てと申されるなら、待つしかあるまい」

そうつぶやき、部屋から出ると、近習《きんじゅう》の案内に従って廊下を歩んだ。

ふと、松姫に見られている気がして、信平は立ち止まった。あたりを見回したが、廊下にも、手入れが行き届いた庭にも、松姫の姿はなかった。

「いかがされましたか」

「いや」

信平は近習に微笑み、歩を進めた。

廊下の先にある物陰から、若草色が美しい打掛けの袖が出てきた。色白の顔を出し、信平の背中をそっと見つめたのは、松姫だ。

「姫様、お身体に障ります」

背後から糸が小声で言い、松姫に戻るよう促した。

信平が見えなくなるまで動かなかった松姫は、糸の手を借りて、ゆっくりとした足取りで部屋に戻り、打掛けを外した。

糸の手を借りて布団に横たわった松姫は、天井を見つめていたが、やがて目を閉じた。糸に背中を向けた松姫の目から光る物が流れ、枕に染みてゆく。

第四話　記憶

一

松姫が紀州の国許に帰って、一月が過ぎた。

松平信平は、深川の海岸に立ち、姫の無事を祈りながら海を眺めていた。

青い海は風に白波を立て、彼方《かなた》の水平線は、陽気に霞んでいる。

懐にしまっている松姫の文《ふみ》には、和歌山《わかやま》城の庭に咲いている水仙が美しいと書かれていた。

信平は、川崎宿で舅の頼宣侯と会って以来、姫が怪我をしているのではないかと案じているのだが、文には、頼宣侯が江戸に戻る際には、姫も共に帰ると書かれていた。

「姫、息災でいるのか」

信平は、空を見上げた。

海猫が風に乗り、空高く上がってゆく。

翼があれば姫のもとへ飛んで行きたいと思いながら、信平は、海に背を向けた。

目の前に広がる深川の地は、江戸市中の再開発に合わせて、急激に埋め立てが進んでいる。大川に橋が架けられるというので、それを見越して土地の開発が進んでいるのだ。

信平は、町の様子を見ながら海沿いの道を歩み、深川八幡宮の門前に向かっていた。

ふと、風除けの松の木の下に人がいるのに気付き、どうも様子がおかしいので近づいてみると、女が根元にうずくまり、辛そうな顔をしていた。

信平は歩み寄り、膝をついて声をかけた。

「いかがした」

女は、信平を見て何かを言おうとしたが、ふっと力が抜け、気を失った。

「おい、しっかりいたせ」

肩を揺すったが、女は目を開けなかった。額に手を当ててみると、酷い熱だった。

信平は、女を助けるべく抱き上げてみて、その軽さに驚いた。

火事で焼け出されたのか、着物は汚れ、顔も首も、土埃に汚れている。

どこかで横にさせるにしても、関谷道場は男ばかり。歩きながら考えた信平は、永《えい》代寺《たいじ》裏の川向こうにある料亭朝見《あさみ》を思いつき、連れて行った。

女将《おかみ》のまゆみは、久々に顔を見せた信平が女を抱いていたので驚いたが、

「行き倒れのようだ。ちと助けてくれぬか」

そう告げると、こころよく部屋を使わせてくれた。

店の者が敷いてくれた敷布団に女を寝かせていると、まゆみが水桶を持って来た。

「今、医者を呼びに走らせましたから」

まゆみはそう言いながら布をしぼり、女の額に当ててやった。

信平が言う。

「火事から逃れた者であろうか」

「どこで助けられたのです？」

海辺で見つけたと答えると、まゆみが不安そうな顔をした。

「まさかとは思いますが、海に入るつもりだったのではないでしょうか」

「麿に何か言おうとしたのだが、気を失ったのだ」

まゆみがうなずいて、信平の顔を見ながら言う。

「共に死んでくれないかと、言おうとしたのかもしれませんね」

「麿とか」

「ええ、信平様と一緒なら、怖くないですもの」

信平が返答に困ると、

「あら、あたしったら、とんでもないことを申しました」

まゆみが慌てて言い、女の額の布を替えた。

ふたたび冷たい布を当てられて、女が目をさました。

信平を見て、驚いたような顔をして起き上がろうとするのを、まゆみが止めた。

「熱があるから、無理しないほうがいいわ」

女は頭を押さえて、痛そうに目を閉じている。

まゆみが横にさせると、女は信平を見た。

「あなた様が、わたくしをここへ？」

気を失う前を思い出したのだろう。信平がうなずくと、女は悲しげな顔で礼を言った。

「どうやら、死のうとしたわけではないようだな」

信平が訊くと、女は唇を嚙みしめてうなずいた。

「あの時、麿に何を言おうとしたのだ」

「何も……」

女は目をそらした。

「何か、辛いことがあったのか」

信平が訊いても、女は答えなかった。

「力になれるかもしれぬ。話してみぬか」

「このお方は、きっと力になってくれますよ」

まゆみが言うと、女は首を横に振る。

「自分のことが、分からないのです」

「それは、どういう意味だ？」

女は信平を見た。悲しく、寂しそうな目をしている。

「わたくしは、どこに住んでいたのか思い出せず、名さえも分からないのです」

「まあ」

まゆみが口に手を当てて哀れんだ。

「あの火事のせいで、そうなったのですか？」

「それも、分からないのです。気付いた時には、寺に運ばれていました」

「どこの寺だ」

信平が訊くと、女は遠くを見るような眼差しで言う。

「四谷の寺でしたが、名は忘れました」

「四谷から深川へ渡ったのには、わけがあるのか」

「寺でお世話になったお方に、深川に行けば住まいが見つかると言われて、共に行かないかと誘われたのです」

「その者はいかがした」

「長屋に入るにはお金がいると言われましたので、わたくしの櫛《くし》をお渡ししたのです。お金に替えてくるから待っているように言われたのですが、一日経っても戻ってこないのです。何か、あったのでしょうか」

「今頃は、そなたを捜しているかもしれぬな」

信平が言うと、まゆみがかぶりを振ってため息をついた。

「いかがした」

「きっと戻ってきやしませんよ。この人は騙されたんですよう」

「騙された？」

信平にまゆみがうなずく。

「初めから、櫛を狙っていたのかもしれませんね。人目を引くほど、よい品だったんじゃないですか」

女はさあ、と言って、首をかしげている。

「あなたの着物を見る限り、安物ではなかったはずですよ」

まゆみに言わせると、女が着ている着物は、上等な生地のものらしい。

「悪い人には、見えませんでしたが」

戸惑う女に、まゆみが訊く。

「その人は男？　それとも女？」

「男の方です」

「そう。美人だから、男がほっときそうにないけども、思わぬお金が手に入って逃げたのかもしれませんね」

信平が言う。

「女将が申すことがまことなら、許せぬな。どこの長屋か、聞いておらぬのか」

女はうなずく。

「場所も言ってないとすると、初めから騙すつもりだったのかしら」

まゆみが腹立たしそうに言い、女の手を取った。

「大丈夫よ。何か思い出すまで、ここに置いてあげるから。ゆっくり養生してくださいな」

「よろしいのですか？」

「いいに決まってるじゃないの」

「女将、すまぬ」

「やだ、信平様にそう言われると、なんだか知らないけど、嫉妬しちゃいますよう」

信平が驚いていると、まゆみが冗談だと言って笑った。

医者が来たので、信平は部屋から出た。

店の者に案内された部屋で待っていると、酒肴を出された。

「女将からでございます」

酒はあまり飲めないが、芋煮と菜の花のおひたしはいただくことにして、箸《はし》を持った。

板前の竹蔵《たけぞう》があいさつに来たので、信平は芋の味を褒めた。

「これは、美味であるな」

「その味が、お好きですか。殿様は上方《かみがた》のお方ですから、塩辛いかと思い心配しておりやしたが」

渋面《じゅうめん》の竹蔵が、不器用に言う。

「近頃は、塩辛い物を食べたがる客が増えましてね」

「磨も同じじゃ。この味はよい」

「いろいろと、歩き回っておられるからでございましょう。汗をかくと、塩辛い物が食べたくなりますから」

「なるほど、それは分かる気がするぞ」

信平は、竹蔵の酌《しゃく》を受け、酒を一口だけ飲んだ。

そこへ、まゆみが入ってきた。

信平が具合を訊くと、まゆみは笑顔で答える。

「一日中海風に当たったせいで、風邪をひいたみたいです。二、三日養生すれば、大丈夫だそうですよ」

「さようか。それはよかった。して、記憶のことは」

「やはり、火事が原因ではないかと医者は言っています」

「火事は、恐ろしいものだ」

信平は松姫のことを想い、酒を舐めた。

「それから信平様、これを見てください」

まゆみが、女から預かった物だと言って、懐剣を差し出した。

黒塗りの鞘には、家紋が入っている。

信平は、懐剣を抜き、中身を確かめた。

「この刃文《はもん》といい、見事な物。あの者は、武家のおなごだろうか」

「言葉づかいにしても、町民ではないですよ」

信平は、うなずいた。

「大身旗本か大名家の者であれば、これを善衛門に見せれば分かるかもしれぬ」

「お呼びいたしましょうか」

「今、関谷道場にいるはずだ」

「かしこまりました」

まゆみが人を呼び、関谷道場まで走らせた。

程なくやってきた善衛門は、信平と共にいるまゆみを見て驚いたような顔をした。

「殿、いかがされたのです。金は持って来ておりませんぞ」

ここが料亭だったので、何やら勘違いをしているらしい。

信平は、そのことは無視して、懐剣を渡した。

「これを見てもらいたい」

善衛門は不思議そうな顔をしていたが、懐剣の家紋に見入った。

「うん？　これは、厚井《あつい》家の家紋ですな」

「一目見て分かるのか？」

「はい。今は代替わりをしておりますが、先代の厚井殿とは、本丸御殿で顔を合わせておりました。親しい仲とは言えませぬが、一に丸印の家紋は珍しく、覚えておりました」

「さようか」

「何があったのです」

信平が女を助けたことと、記憶の喪失を教えると、善衛門は渋い顔をした。

「それは、気の毒ですな。甥の正房ならば、厚井家のことを詳しく知っておるかもしれませぬので、調べさせましょう」

「では、頼もうか」

「はは、さっそく甥のもとへまいりますが、殿はいかがなされます。青山に戻られますか」

「麿は、立木屋と共に長屋を見に行くつもりじゃ」

善衛門が手で膝をたたいた。

「そのことです」

「うむ？」

「道場に仮住まいしている者たちが、長屋の完成を待ちわびておりましたぞ。それがしが殿に仕えていると申しましたら、羨《うらや》ましがられましたわい」

「さようか」

「厚井家のことが何か分かりましたら、立木屋に行けばよろしいですか」

「ふむ。そうしてくれ」

「はは、しからばのちほど」

善衛門が立ち上がると、

「麿も、出かけよう」

信平も狐丸を持ち、立ち上がった。

「女将、すまぬが頼む」

「かしこまりました」

信平は、朝見の前で善衛門と別れ、立木屋に向かった。

二

善衛門が立木屋に来たのは、翌日だった。

甥の正房に調べさせたところ、駿河台にある厚井家の屋敷は焼け落ち、当主をはじめ、家の者の行方《ゆくえ》が分かっていないという。

「では、麿が助けた者は、厚井家の者かもしれぬな」

信平が言うと、善衛門がうなずいた。

「当主と親しい者が生きていると正房が申しますので、ここへ来るよう申し伝えてございます。急がせましたので、今日中にはまいりましょう」

「さようか。手間を取らせた」

「なんの。それより殿、江戸市中は次々と武家屋敷が建ちはじめておりますぞ。殿の屋敷地は、どうなっておるのでしょうな。猪山めが焦《じ》らしおるとしか思えませぬが、紀州藩の屋敷地が赤坂に決まり、普請がはじまるらしいですから、頼宣侯が戻られるのは遠くない話です。奥方様も戻られましょうから、それまでにはなんとしても、屋敷を建てなければなりませぬぞ。公儀に催促してやりましょうか」

「公儀は火事に強い町造りをされておるゆえ、そのうちに決まろう。騒いではならぬ」

いつもと違い、強い口調で言う信平に、善衛門は押し黙った。

立木屋の手代が来客を告げたのは、その時である。

徒頭《かちがしら》、米林広豊《よねばやしひろとよ》と名乗った男は、羽織袴をきちんと着けた立派な武士であったが、客間に座る信平の狩衣姿を見て、驚いたようだ。

「噂に聞いておりましたが、高貴なお方でございますな」

遠慮なく言うと、好意を持った顔つきで頭を下げた。

「米林殿、遠くまでご苦労であった」

善衛門が労うと、米林は頭を下げた。

「正房様には、いつもお世話になっております」

「さようか。あれも、少しは人の役に立っているようじゃの。来て早々すまぬが、おなごの顔を見に行こうか。おぬしの知り合いだとよいのだが」

「はい」

「では殿、まいりましょう」

善衛門に促されて、信平は腰を上げた。

三人で朝見へ行き、女将に座敷へ案内してもらうと、米林は女の顔を見るなり目を見張った。

「由奈《ゆな》殿」

米林の声に驚いた女が、怯えた顔で見ている。

「お忘れか、由奈殿。米林です」

女は、分からないと言って頭を抱えた。

「頭が痛い」

米林が、善衛門と信平に顔を向けて訊いた。

「これはいったい。どうしたことなのでしょうか」

「こちらへ」

信平が別室へ促し、自ら先に移動した。米林が座るのを待って言う。

「磨が助けた時には、記憶を失っていたのだ。人に騙され、海辺でうずくまっていた」

「あの由奈殿が。にわかには信じられませぬ」

「厚井家の者なのか」

「はい。厚井殿の奥方です」

米林は動揺しているらしく、畳に向けた目を泳がせていた。しっかりした奥方だったという。

「間違いないか」

善衛門が念を押して訊くと、米林はうなずく。

「厚井殿とそれがしは、竹馬《ちくば》の友でございます。由奈殿とも、親しくしておりました」

「厚井家の者は、行方が分かっておらぬと聞いたが、何か知っておらぬか」

米林は、目鼻立ちが整った顔を曇らせ、横に振った。

「それがしも案じているのですが、厚井殿は未だ登城せず、家人からもなんの届けも出ておりませぬので、つい先日、厚井家の者はことごとく、火事で落命したと断定されました」

「御家断絶となったのか」

善衛門が驚くと、米林が厳しい顔でうなずく。

「無念です」

「正房は、御家断絶を一言も申しておらなんだぞ」

「同じような目に遭われた家が少なくないと聞いておりますので、江戸を守るために、旗本が減っているのを表沙汰にされていないのではないでしょうか」

「ではおぬしは、なぜ知っておるのだ」

「厚井殿の上役が、友のそれがしにこっそり教えてくれたのです」

「なるほど」

善衛門が信平を見て、どうするか問うと、米林が割って入った。

「由奈殿は、他ならぬ友の妻女。それがしが引き取りたいところですが、屋敷を失い、今は寺に仮住まいをしている身。しばらく、お預かりいただけませぬでしょうか」

「案ずるな。ここで面倒を見てもらうことになっておる」

善衛門が言うと、米林が安堵した。そして言う。

「近々、新しい屋敷が建ちますので、その暁には引き取らせていただきます。命を落とした友のためにも、それがしが面倒を見ます」

「今、なんと申された」

「それがしが、面倒を見ます」

「そこではない。おぬし、屋敷を再建しておるのか」

善衛門が詰め寄ると、米林が薄笑いを浮かべた。

「はい」

「元の場所にか」

「いえ、本郷に、新たな土地を賜りました」

「それは羨ましいことじゃ」

「何をおっしゃいます。元の土地を許された葉山家のほうが、羨ましゅうございます」

「わしの甥のことではないわ！」

善衛門が怒ると、米林が驚き、ちらりと信平を見て、納得したような顔をした。

「お噂は、聞いております」

信平は、何も言わずに微笑む。

黙っていないのは善衛門だ。

「なんの噂じゃ」

米林は困ったような顔をしたが、はっきりと言った。

「屋敷の再建を促すために援助された千両を、民のために使われたことです。それをよしとされぬお方から、いやがらせをされていると聞きました」

「そのとおりじゃ。おぬし、いやがらせをしている者の名を聞いたか」

「聞いておりませぬ」

「まあよい。察しはついておる」

善衛門は、米林がまたも薄笑いを浮かべるのを見て、いぶかしげな顔をした。

「なんじゃ」

「いえ」

「申さぬか」

「正房殿が申されたとおりだと思うたまでです」

「うむ？」

「ご隠居殿はまるで、松平様の家来のように見えたものですから」

「そう見えるか」

「はい」

「そうかそうか、うむ。近頃、よう言われるのだ。今やわしは、鷹司松平家の附家老《つけがろう》みたいなものじゃわい」

かつかつかと上機嫌で笑いとばした善衛門は、優れた御仁《ごじん》に仕えるのは幸せなことだと言う。

すると、米林は賛同した。

「それがしもそう思います。徒頭として、配下の者から慕われる男になりたいものです」

「友の妻を助けようと思うそなたのことだ。下の者から慕われておろう」

善衛門の言葉に米林は謙遜しながらも、嬉しそうに笑った。

「では後日、改めてまいります。松平様、これにて失礼つかまつる」

米林は頭を下げ、帰っていった。

善衛門が安堵して言う。

「殿、身許《みもと》が分かって、ようございましたな」

「うむ」

「いかがされました。浮かぬ顔をされて」

「米林殿が引き取れば、由奈殿は、記憶を取り戻すであろうか」

「昔話をいたせば、思い出すかもしれませぬな」

「家族を喪《うしな》われた由奈殿にとって、そのほうがよいのだろうかと、ふと考えていた。記憶を取り戻せば、夫を喪い、御家も断絶となった悲しみが生じる。このままのほうが、幸せではないだろうか」

「確かに、おっしゃるとおりかもしれませぬな。記憶を失ったまま、新たな幸せをつかむほうがよいような気がしますが、いっぽうでは、自分が誰であるか知らぬまま生きるというのも、それはそれで不幸なことに思えます」

「うむ」

信平は、悲しく寂しげな目をしている由奈に、幸せになってほしいと思うのだった。

三

善衛門と共に深川の町へ出かけた信平は、長屋の普請場を見に行った時に増岡弥三郎と出会い、餅を食べようと誘われて、門前町の草餅屋に向かった。

「長屋が近々完成しますから、道場で仮住まいしている人たちに入ってもらいましょう」

弥三郎が言い、草餅を嚙み千切った。

「うん、旨い。ここの餅を久々に食べましたよ」

茶を運んできた小女に言うと、女はにこりと笑って、忙しそうに奥へ入った。

「何年ぶりに食いますかな」

善衛門が言い、口に含んだ草餅を千切ると、口を尖らせて旨そうに食べている。

深川八幡宮前の通りを行き交う人々は、急速に開発が進む深川の地で一儲けしようとする商人の姿が目立つ。

番頭か手代を連れた商人が信平たちの前を過ぎてゆく時、どこに店を建てるかを相談する声が聞こえてきた。

善衛門も聞いたらしく、信平に言う。

「殿、二年前とは、町の様子がずいぶん違ってきましたな」

「うむ」

すると、茶を一口飲んだ弥三郎が言う。

「まだまだこれからですよ。大川に橋が架けられるというので、今のうちに土地を手に入れておこうとする者が増えたと、兄が申していました。長屋を建てるために買った土地を、ずいぶん高値で売ってくれという者が現れたそうです」

「まさか、売ったのではあるまいな」

善衛門が心配したが、弥三郎は手をひらひらとやった。

「まさか、兄は売ったりしませんよ。信平さんが長屋を建てるための土地だと教えたら、足しにしてくれと言って、五十両も置いて行ったそうです」

「おお、それはありがたいことじゃ。殿の人徳が、そうさせたのじゃな」

嬉しそうに言う善衛門に、弥三郎が賛同する。

「今や、信平さんの人助けは江戸中に知れ渡っていますからね。大火を免れた裕福な者だけでなく、今日食べるのが大変な者まで、住む家があるだけ自分たちはましだと言って、少しでも役に立ちたいと、町役人にお金や食べ物を持ってくるそうです」

「ほぉう。世の中、捨てたものではないな」

「はい。江戸中が一丸となって復興に向かっているようだと、兄が申していました」

善衛門と弥三郎の話を聞いていた信平は、自分に近づく人の気配に顔を向けた。

薄汚れた羽織袴を着けた男は、腰には脇差のみを帯びており、月代も伸び、くたびれたような顔をしている。

信平に用があるのかと思って見ていると、目が合った男は小さく頭を下げ、前を横切って店の中に入った。

草餅と茶を運ぶ小女に声をかけようとしたが、躊躇っている。場を空けて小女を通してやり、お盆を抱えて戻ってきたところを捕まえて、声を発した。

火事で行き場を失った者だと思い気にしていた信平の耳に、

「このあたりに、火事から逃れてきた者が暮らしているところはないか」

切迫した様子の声が聞こえてきた。

店の小女は一番に関谷道場の名を挙げて、

「今お休みになられていますよ」

草餅を頰張っている弥三郎を指差した。

男は、狩衣姿の信平とふたたび目が合うと、弥三郎に転じて、意を決したように近づいた。

「お休みのところ、すまぬ」

小さな声で言ったものだから、弥三郎は気付かなかった。善衛門と何か話している。

「弥三郎」

信平が声をかけると、弥三郎はこちらに顔を向け、そこで初めて背後に人がいるのを知って驚いた。

「何か？」

弥三郎が訊くと、男は遠慮がちに頭を下げた。

「失礼だが、関谷道場のご門弟か」

「はい」

「人を捜しているのだが、道場に、二十歳ほどの女がおらぬか」

弥三郎は首をかしげた。

「二十歳ほどのおなごですか。うぅむ、見かけませんね」

「そうですか」

男は落胆の色を隠せず、がっくりと頭を下げて、弥三郎に礼を述べた。

立ち去ろうとする男に、信平が声をかけた。

「もし、捜し人の名は、なんと申される」

男は恐縮しながら信平の前に立ち、

「由奈と、申します」

短く言うと、しきりに、あたりを気にした。

「殿」

「うむ」

善衛門が信平を殿と呼んだものだから、男がぎょっとした目を向けた。

信平は立ち上がり、警戒する男に問う。

「貴殿は、厚井殿ではござらぬか」

男は答えず、急に殺気を帯びた目となって一歩下がった。

「それがしの名を、何ゆえ知っておる」

脇差の柄《つか》に手をかけたので弥三郎が驚き、善衛門が慌てた。

信平は涼しげな顔で言う。

「麿は奥方の居場所を知っているが、斬るか」

男ははっとして、刀から手を離し、

「それがしの命はどうなってもよい。妻の命だけは助けてくれ。このとおりだ」

今度は土下座した。

「忙しい奴じゃの」

善衛門が呆れたように言い、

「何を隠そう。このお方は、先の将軍家光公の義弟であらせられる、鷹司松平信平様じゃ」

身分を明かすと、男は驚愕してのけ反り、這うように離れて平伏した。

「ご無礼の段、平《ひら》にお許しください」

信平が言う。

「厚井殿、面を上げられよ」

「はは」

厚井は、少しだけ顔を上げた。

「誰かに、命を狙われておるのか」

信平が訊いたが、厚井は顔を伏せたまま答えなかった。

「妻は、どこにおりますか」

何かわけがあると睨んだ信平は、ここでは聞かないほうがいいと思い、厚井を促し、朝見に連れて行った。

出迎えた女将のまゆみが、信平が連れている男が薄汚いので、何ごとかという目を向けてきた。

信平が言う。

「厚井殿だ」

途端に、まゆみが明るい顔をした。

「まあ。見つかったのですね」

「たまたま、草餅屋で出会《でお》うたのだ」

「そうでしたか。信平様はやっぱり、八幡様に守られているのですね」

「うむ？」

「由奈さんのことを心配されていましたから、八幡様がご主人と会わせてくださったのですよ」

「さようであろうか」

「そうですとも」

「では、近々お礼にまいるとしよう」

「それはいいお考えですね。ささ、厚井様、お上がりください」

まゆみに促されて、厚井は申しわけなさそうに上がった。

「信平様、ちょっと」

まゆみは信平の手を引き、離れた場所で訊く。

「由奈さんの記憶のことは?」

「まだ言うておらぬ」

まゆみは分かりましたと言い、厚井を部屋に案内した。閉《た》てられた障子の前に座り、

「由奈さん、入りますよ」

どうぞという返事を待って、まゆみが障子を開け、厚井を促した。

信平たちは隣の部屋に入った。善衛門と弥三郎が襖に近づき、顔を突き合わせて様子をうかがっている。

妻の顔を見た厚井は、

「生きていてくれたか、由奈」

声を震わせて言い、抱き寄せた。

突然のことに驚いた由奈が、厚井を突き離した。

「何をなさいます」

厚井は目を見張った。

「どうしたのだ。おい由奈、おれだ」

「わたくしは、あなたのことを知りませぬ」

「何を言っている。夫の顔を忘れたのか」

「何も思い出せないのです。何も……」

由奈が頭を抱えてうずくまる姿を見て狼狽《ろうばい》した厚井は、まゆみに詰め寄るように訊く。

「これはどういうことです」

「黙っていてすみません。お会いすれば、何か思い出されると思ったものですから」

厚井は由奈を見た。

「まさか、記憶を失っているのですか」

「海辺で倒れたところを、信平様に助けられたのです。目をさまされた時には、何も憶えていらっしゃいませんでした」

厚井はきつく目を閉じ、背中を丸めた。

「そうでしたか。松平様が、妻を」

聞き耳を立てていた善衛門がため息をつき、襖を開けた。

厚井が信平に向き、頭を下げて言う。

「妻をお助けくださり、まことにありがとうございました」

信平はよいと言い、由奈に顔を向ける。

まったく思い出せないのか、着物の胸元をつかみ寄せ、不安そうな顔をしている。

「由奈殿、何も、思い出さぬか」

信平が訊くと、由奈がうなずく。

厚井が膝を進めて、懐から櫛を出して見せた。

「由奈、わたしは確かにお前の夫だ。これが証《あかし》だ。思い出さぬか」

櫛を見せられて、由奈は目を見張った。

「これは……」

「お前、男に騙されただろう」

信平は、厚井に訊く。

「厚井殿、何ゆえそのことを知っておられる」

「この櫛が深川の店で売りに出されているのを、通りがかりに見つけたのです。どこで手に入れたのか店主を問い詰めましたら、遊び人風の男が売りに来たと申しましたので、この深川で生きていると思い、捜し回っていたのです」

黒漆塗りに螺鈿《らでん》細工が美しい櫛は、厚井が職人に作らせた物で、この世に二つとない品だと言う。

見るからに高直《こうじき》そうな櫛を見た信平は、厚井の目を見た。

「腰の物と、替えられたか」

厚井が小さく顎を引いた。

「この櫛のせいで、妻は男に騙されたようですが、おかげで松平様に助けていただき、こうして、会うことができました」

大事そうに櫛を拭くと、由奈に差し出した。

話を聞いて夫だと信じたのか、由奈は櫛を受け取り、その手を厚井が引いて抱き寄せても、抗《あらが》わなかった。

「よくぞ、無事でいてくれた。もう二度と、離さぬ」

由奈は涙をこぼした。

「思い出せなくて、申しわけございませぬ」

「よいのだ。いずれ必ず思い出す。その日まで、二人でゆっくり生きてゆこう」

「はい」

厚井は妻を横にさせて、まゆみに向いて居住まいを正した。

「すまぬが……」

「承知しました」

「まだ、何も言っておらぬが」

「家が見つかるまで、預かってくれとおっしゃりたいのでしょ」

厚井は頭を下げた。

「よろしく頼みます」

まゆみは快諾したが、思い出したように言う。

「米林様が由奈様を引き取るとおっしゃっています」

「あいつが、そんなことを」

厚井が困惑した顔をした。

その厚井に、信平が問う。

「厚井殿、何ゆえ登城しなかったのだ」

「それは……」

口籠もってしまう厚井に、信平は言う。

「公儀はそなたが命を落としたと断定しているが、今からでも事情を話せば、御家断絶は取り消しとなろう。急ぎ、登城されよ」

「よいのです」

信平は、圧井の暗い顔を見て、心中を探りつつ問う。

「このまま、武士を辞めると言われるか」

「信平様には申し上げますが、わたしは、上役の不正を知ってしまったばかりに、命を狙われておりました。恐ろしくて、妻と江戸から出奔《しゅっぽん》しようと考えていた時に、あの大火事が起きました。ですからこのまま、死んだものと思われたほうが、都合がよいのです」

思わぬ話に、信平は鋭い目を向けた。

「どういうことなのか、麿に詳しく話してみぬか」

厚井が躊躇していると、善衛門が膝を進めた。

「殿を信じてみよ。必ず助けてくださるぞ」

「いえ、もう過ぎたことですので、このままでよいのです。妻を頼みます」

厚井は、善衛門が止めるのも聞かず、逃げるように出ていった。

四

「出てきたぞ」

「よし」

朝見から帰る厚井を、物陰から目で追う三人の男がいる。

二人は間を空けて通りへ出ると、気付かれぬようにあとを追いはじめた。もう一人は、堀に浮かぶ舟に飛び乗り、大川へ向かって漕ぎはじめた。

気付かぬ厚井は、北へ向かっている。

ようやく見つけた妻と暮らす家を探すにしても、江戸からなるべく離れた場所にしたいのだろう。厚井は小名木川に架かる橋を渡り、田圃のあぜ道に入った。

「どこへ行くつもりだ」

あとを追う二人のうち一人が、罠ではないかと怪しんだが、

「気付かれていないはずだ。それに奴は、脇差しか帯びておらぬ。この方角だと、押《おし》

上《あげ》に行くのではないか」

遠目にうかがいながら、もう一人のほうがそう推測した。

「よし、人目につかぬ所でやるぞ」

「心得た」

二人はあたりを見回し、袖から出した布で頬被りをして顔を隠すと、抜刀した。

気配に振り向いた厚井は、刀をぎらりと下げて走ってくる刺客に気付き、駆けだした。

「む、気付かれた」

「追え！」

斬られてなるものかと、厚井は田圃のあいだの道を必死に走り、刺客から逃げた。

しかし、足は刺客のほうが速く、次第に間が詰まっている。

厚井は逃げ切れぬと思い、脇差を抜いて振り向き、構えて言う。

「待て、斬るな。それがしは何も――」

刺客の一人が、問答無用で斬りかかった。

脇差で辛うじて受け流した厚井は、細い道で二人に挟まれ、逃げ場を失った。

「斬るな。それがしを斬れば、証拠の品が城に届けられるぞ」

厚井の言葉など聞く気がないらしく、刺客たちは、じりじりと間合いを詰めていく。一人が、刀を大上段に振りかぶり、気合をかけて斬りかかった。

厚井が脇差で受けたが、同時に斬りかかってきた刺客に足を傷つけられた。

「くっ」

袴が割れ、太股から血がにじむ。

刺客は刀を正眼に構え、二人並んで間合いを詰めてくる。

後ずさりした厚井は、あぜ道から足を踏み外して転げ、下の田圃に落ちた。

刺客の一人がとどめを刺すと言い、厚井の前に飛び下りる。刀の切っ先を向けて、胸に突き入れようとした時、

「うっ」

短い呻き声をあげたのは、刺客のほうだ。

肩に刺さった小柄に手を伸ばして引き抜き、

「おのれ、何奴！」

怒りの声をあげて振り向き、途端に目を見張った。白い狩衣を着けた信平がいたからだ。

信平は、厚井の身を案じて外へ追って出た時、身を隠す者がいるのに気付いて様子

を見ていたのだ。

どうやら刺客は、信平の正体を知っているらしく、二人とも怯んだ。

しかし、誰かの命令に背くほうが恐ろしいとみえて、刀の切っ先を向けてきた。

信平は狐丸を腰に差したまま、二人と対峙した。

誰の手の者かと問うて答えるはずもない。

信平は何も訊かずあぜ道から飛び、厚井を殺そうとした刺客に向かう。

刺客は気合をかけ、迫る信平に斬りかかる。

「てや！」

打ち下ろされる刃をかわした信平は、狩衣の袖を振ってすれ違う。

「うああ」

無様《ぶざま》な悲鳴をあげたのは刺客だ。左の脇腹を手で押さえた刺客は、血が付いているのに目を見張った。

信平の左手には、隠し刀の切っ先が光っている。

傷は浅いが、激痛に顔を歪めた刺客が信平を恐れ、刀をにぎったまま下がった。そのあいだに割って入ったもう一人が、傷を負った仲間をかばいながら信平に切っ先を向け、さらに距離を空けると、背を返して走り去った。

信平は、逃げる刺客を追わなかった。舟で去ったもう一人を、弥三郎に追わせているからだ。

いずれも、帰る所は一緒のはず。

信平は、驚いた顔をしている厚井に微笑む。

「怪我はないか」

「か、かたじけない」

「今の者どもに、心当たりはあるのか」

厚井は暗い顔でうなずいた。途端に、足の痛みに歯を食いしばったので、信平は無理をさせず、その場に座らせた。

「どこへ行こうとしていたのだ」

「押上村に空き家があると聞いていたものですから、そこを借り受けて、妻と暮らそうと思ったのです」

「あとをつけられていることに、気付かなかったのか」

「深川に渡る前は、そのような気配はありませんでしたし、わたしは死んだことになっていると聞いて、油断してしまいました」

「さようか」

「迂闊《うかつ》でした。まさか、深川にまで奴らの手が伸びていようとは」

「奴らとは、誰のことだ」

「金奉行《かねぶぎょう》、田野倉智親《たのくらともちか》の手の者です」

聞けば、厚井は、田野倉の配下だという。

「詳しい話はあとで聞こう。今は、傷の手当てが先だ」

信平は肩を貸し、駕籠を雇える町まで戻ると乗せ、厚井の妻がいる朝見に帰った。

信平の帰りを待っていた善衛門が、足を斬られている厚井を見て驚いた。

「何があったのです」

信平は、厚井が刺客に襲われたことを告げ、妻とは別の部屋を女将に頼んだ。

そこで改めて聞いた話では、厚井は、金奉行の田野倉に命を狙われていた。

金奉行とは、公儀金蔵の管理、警備、出納《すいとう》などを担う役目であるが、その配下である厚井は、江戸城蓮池《はすいけ》金蔵に勤務し、主に出納の役目をしていたという。

公儀の金蔵だけに扱う金子の額も大きい。ゆえに管理は厳しく、毎日気を張り詰めて役目に励んでいた厚井は、その仕事ぶりが認められて、田野倉と肩を並べる金奉行への出世が間近だった。

真面目な厚井は、上役である田野倉の期待に応えようと、夜遅くまで仕事をしていた。

そんなある日、古い帳簿の整理をしていた厚井は、改竄《かいざん》されていることに気付いた。自分が書いていた帳簿の内容と、保管されている帳簿の内容が、別物になっていたのだ。

よくよく調べてみれば、二千両もの大金が、使途不明《しとふめい》のまま消えていた。

疑うべきは、出世が決まった自分に替わって出納をしている狭間昭之進《はざましょうのしん》だ。

狭間は、急逝した父に代わり家督《かとく》を継いだ若者で、田野倉に面倒を見るよう命じられた厚井が、目をかけていた者だった。

裏切られた厚井は怒り、翌日、狭間を呼び出して問い詰めた。すると狭間は、素直に罪を認め、田野倉に言われてやったと白状した。

田野倉を信頼していた厚井は信じなかったが、狭間は、いざという時に罪を逃れるために、田野倉に命じられ、金をどのように盗み渡したか、事細かに日記を書いていた。さらに、厚井が書いた帳面も、田野倉に焼けと命じられていたのだが、焼かずに隠し持っていたのだ。

厚井はその日の夜に、それらの証拠の品を狭間から受け取り、田野倉の不正を公儀に訴えようとしたのだが、帰り道に曲者に襲われて腕を斬られ、命からがら、逃げ帰ったのである。

話を聞いた善衛門が、憤慨した。

「公儀の金に手を付けるとは、とんでもない奴でござるな」

信平は、証拠の品を奪われたのかと訊いた。

「いえ、わたしの悲鳴を聞いた町奉行所の者が来ましたので、奪われずにすみました。腕の傷も浅く、命は助かったのですが、狭間は翌朝、切腹して果てた姿で見つかりました。公儀は自害として処理しましたが、あれは、殺されたに違いありません」

善衛門が言う。

「証拠の品を手に入れておきながら、何ゆえ、すぐ訴えなかったのだ」

厚井は悲しげな顔をした。

「あの火事が、起きたのです」

大混乱になり、それどころではなくなったのだ。

「夜通し金蔵に詰めて守っておりましたが、火事がおさまったというので、証拠の品を取りに屋敷へ帰りました。その途中に小石川《こいしかわ》あたりで火の手が上がり、駿河台に迫る勢いでしたので、逃げる人をかき分けて我が家に急いだのですが、突然、家から火の手が……」

厚井が声を詰まらせて悔しそうにするのを見て、信平が訊く。

「襲われたのか」

「はい。家人が斬られ、家に火を放たれていました。由奈は、おそらく父が命がけで逃がしたのでしょう。虫の息ながらも、妻のことは案ずるなと言い残し、こと切れてしまったのです」

「なんということを。由奈殿は、火事の衝撃で記憶を失ったのではなかったのか」

善衛門が、怒りを込めた声でそう言った。

信平は訊く。

「証拠の品はあるのか」

「今は持っていませんが、ございます」

「その品、麿に託してみぬか」

「いえ、松平様は、民のためにお働きの身。どうかこのことは、お忘れください」

「金奉行を、放っておくと申すか」

「公儀はまだ、復興のことで手一杯のご様子。金奉行の不正をまともに扱ってくださるとは思えませぬ」

「だが、田野倉は待つ気はないようだぞ」

「妻と二人で、押上村に身を潜めます」

「いや、それでは危ない」

信平は、どうするか考えた。

「殿、関谷殿に頼んではいかがか。あそこなら、容易く襲われることはありませぬぞ」

善衛門の提案に、信平は同意した。

「厚井殿、いかがか。悪事を隠したい田野倉は、死に物狂いで襲ってくるであろう。奥方のためにも、安心できる場所にいたほうがよいのではないか」

「しかし、ご迷惑をおかけすることになっては、申しわけのうございます」

「心配はいらぬぞ」

善衛門が言った。

「関谷殿は道場主じゃ。門弟が大勢おるので敵は迂闊に近寄れまい。そもそも、そなたたちが移ったことを田野倉に知られぬようにすればよいではないか」

厚井は、痛む足で居住まいを正し、信平と善衛門に頭を下げた。

「では、お言葉に甘えます」

信平はうなずいて言う。

「移るまで、由奈殿のそばにおられるか」

「そうさせていただきます」

厚井は、佐吉の手を借りて立ち、由奈のもとへ行った。


弥三郎が戻ったのは、夕暮れ時だった。

「信平さん、行き先を突き止めましたよ」

「すまなかった。して、どこに戻った」

「音羽《おとわ》の屋敷です。近所の者に訊いたところ、田野倉という旗本の下屋敷だそうです」

信平は、眉間に皺を寄せずにはいられなかった。

「民のために働くべき者が、己の保身ばかり考えて悪事を重ねるとは、嘆かわしい」

共に聞いていた善衛門と佐吉がうなずき、善衛門が言う。

「殿、これからいかがいたします」

「厚井殿が証拠の品を渡す気になるまで、待つしかあるまい。明日にでも、説得してみよう」

町に人気が絶える前に移動するべく、信平たちは、厚井夫婦と共に朝見を出て、関谷道場に向かった。

善衛門から話を聞いた関谷天甲は、厚井夫婦を引き取ることを快諾し、屋敷の奥の、人目に付きにくい離れに案内した。

天甲が厚井に言う。

「ここならば、それがしの目も届きやすい。長らく使うておらぬが掃除はしてあるので、自由に使いなさい」

「かたじけのうございます」

「弥三郎、お前が二人を守ってあげなさい」

師匠に命じられては、弥三郎は断れぬ。

「では、中庭を挟んだ部屋で寝泊まりいたします」

「麿も、泊まろう」

信平が言うと、善衛門と佐吉も泊まると言いだした。

喜んだのは天甲だ。

「それはよい。信平殿、悪党どもが来れば、皆で成敗してやりましょうぞ」

久々に胸が躍ると言った天甲は、門弟たちに見張りをさせると言い、道場へ戻った。

五

庭の地べたに額を付けて詫びる二人の家来を見下ろしていた三十代の男が、怒りにまかせて背中を蹴った。

それでも気が治まらぬらしく、鞘に納めたままの刀で、気絶するまで打ち据えた。

「この役立たずどもを連れて行け！」

怒鳴り声に応じた家来たちが二人を抱え上げ、あるじの前から連れ去った。

肩を大きく上下させて息を切らす男は、金奉行の田野倉だ。厚井を見つけておきながら、その命を奪えなかったことに怒り、忠実な家来を痛めつけたのである。

濡れ縁から座敷に上がった田野倉は、上座に向かう途中で足を止め、背筋を伸ばして座る男に言う。

「どうする米林。このままでは、わしも貴様も終わりだぞ」

苛立ちを隠さず言うと、米林は、閉じていた目をゆっくり開いた。

「やはり、厚井は生きていたか。由奈が生きていたのにも驚いたが、このように早く会いに来るとは、思うてもいなかった」

「こうなったら、人を増やして一気に片をつけるしかあるまい」

「それは愚策というもの。鷹司松平様がそばにおられるゆえ、此度のごとく迂闊に手を出せば、まずいことになる。いや、すでに厄介な事態になっているかもしれぬ」

米林が脅すような顔で睨み上げると、田野倉が顔を引きつらせた。

「どうすればよいのだ」

「慌てるな、おれに考えがある」

悪人顔で薄笑いを浮かべる米林は、金蔵を警固する役目。田野倉と結託し、公儀の金を盗む悪事を重ねていたのだ。

米林は、不正に厚井が気付いたと知るや、口封じの抹殺をたくらんでいた。そんな時に火事が起こり、この機を逃す手はないと言って策を講じたのだ。

天守閣をも焼くほどの大火によって、由奈も死んだものと思っていただけに、葉山正房からそれらしき女が生きていると聞かされた時、米林は動揺した。それを正房に覚られぬために、手で顔を覆って安堵したふりをした米林は、深川の料亭で由奈の顔を見た時は、息が止まるほどの思いをした。

米林は、女が由奈であれば、その場で斬り殺すつもりだったのだが、まさか、信平がいようとは夢にも思っていなかったのだ。

将軍家の縁者である信平の前で自分がしたことを責められると思い、覚悟を決めた米林であるが、由奈が記憶を失っていたおかげで命拾いをした。

咄嗟に引き取ることを思いつき、あのような嘘をついたのだが、帰る道すがら、もしや厚井も生きているのではと思い、田野倉に告げて、念のために見張りを付けていたのだ。

その刺客がしくじったからには、残る手はひとつしかない。

「おい、どうする気だ」

田野倉に急かされて、米林は不機嫌な顔つきをした。

「厚井はおれを疑わず、今も友と思っているはず。それを利用するのよ」

くつくつと笑い、刀を持って立ち上がった。

「人目に付きたくない。駕籠を用意してくれ」

「分かった。すぐに用意させる」

米林は玄関に行くと、用意された駕籠に式台から乗り込み、夜道を帰った。

帰る途中の雑木林で駕籠から降りると、適当な場所を回って帰るよう命じ、林に身を隠した。

尾行する者がいないか用心深く探り、道を変えて帰ったのである。

翌日、大川を渡った米林は、料亭朝見を訪ねた。

明るい顔で出迎えた女将が、

「米林様、お喜びください。由奈様のご主人が生きておられたのですよ」

嬉しげに告げるのを、

「さようでござったか。いやあ、それはよかった」

米林は初めて知ったふりをして喜んだ。

「して、厚井はここにおりますか」

「それが、誰かに命を狙われているとかで、ここでは危ないからと言われて、門前町の関谷道場に移られましたよ」

米林は、顔がこわばるのを見られぬために、女将に背を向け、あたりを見回すふりをしながら訊いた。

「二人に会いたいのですが、門前町は、どのあたりですか」

「ご案内しましょう」

「いや、結構。どのあたりか教えていただければ、あとは道を尋ねながら行きますので」

「ご遠慮なさらずに。さ、まいりましょう」

米林は、そのまま出かける女将に案内してもらうことにして、関谷道場に向かった。

出迎えた門人に、女将が事情を言うと、門人は、ああ、と言い、米林を親しげな顔で見てきた。

「どうぞ、お入りください」

「かたじけない」

女将とはそこで別れ、米林は奥の部屋に案内された。

厚井がもし、咎めるようなことを言えば、土下座をして油断させ、その場で斬り殺す。そう思いながら、客間とおぼしき部屋で待っていると、廊下を歩む衣擦《きぬず》れの音が近づき、厚井が現れた。

「又左《またざ》」

「おお、文七郎《ぶんしちろう》」

通称で呼び合った二人は、にこやかな顔でうなずいた。

気付いていないと分かった米林は、胸の中で安堵していた。

「文七郎、生きていてよかった。もう死んだものと思っていたぞ」

「知らせもせずすまぬ。どうしてここにいるのが分かった」

「朝見の女将が教えてくれたのだ。鷹司松平様もおられると聞いたが、お目にかかれぬか」

「お忙しい身ゆえ、今日は朝から出られている」

「いつお戻りになる」

「夜には戻るとおっしゃっていた」

「それは残念。それにしてもおぬし、登城もせずに、これまで何をしていたのだ」

「これにはわけがあるのだ、又左」

「わけ？」

米林は、いぶかしげな顔をして見せた。

「厄介ごとか」

厚井は、深刻な面持ちでうなずいた。

「言ってみろ。おれが力になってやる」

「いや、これは命に関わることだ。おぬしに迷惑はかけられぬ」

「水臭いことを申すな」

米林が怒ると、厚井は嬉しそうな笑みを浮かべた。

「何があったのだ。教えぬか」

「実は、上役から命を狙われているのだ」

厚井は、田野倉の不正のことと、刺客に父と家人を殺され、家に火をかけられたことを話した。

話を聞き終えた米林は、厚井がどの程度を把握しているか知り、自分の加担がばれていないのが不思議だと思った。そして、知っていて、知らぬ顔をしているのかと勘繰り、探りを入れてみた。

「もうすぐ屋敷が完成する。どうだ、由奈殿とおれのもとに来ぬか」

すると、厚井は拒んだ。

米林が言う。

「おれとおぬしの仲ではないか。何を遠慮する」

「おれは、静かに暮らしたいのだ。もう役目に戻る気はない。武士の身分も捨てる」

「どこで暮らすというのだ」

「田舎で、百姓をしようと思う」

「馬鹿な。おぬしに百姓などできるものか」

「それでもおれは、江戸から出るつもりだ」

厚井は堅い意志を伝えると、米林に両手をついた。

「頼む。おれが生きていることは、誰にも言わないでくれ」

「鷹司松平様には、このことを話したのか」

「話した」

「して、なんと申された」

「力になるとおっしゃったが、江戸の民のために走り回っておられるお忙しい身。おれのことで迷惑はかけられぬと言ったら、理解してくださった。公儀が落ち着きを取り戻したら、改めて、田野倉のことを訴え出るつもりだ」

「それまでどこに潜む気だ。命を狙われているのだぞ」

「しばらくは、ここにいさせてもらう」

「そうか」

米林は、胸のうちで舌打ちをしていた。そして、厄介な口を封じるべく話を切り出した。

「文七郎」

「うむ？」

「悪いことは言わぬ。証拠の品をおれに渡せ。信頼できる目付に渡して、必ず田野倉を裁いていただく」

厚井は驚いた。

「ほんとうに、やってくれるのか」

「他ならぬ友のためだ。おれが必ず守る」

「すまぬ。そうしてくれると、ありがたい」

「本気で武士の身分を捨てるのか。父親の仇《かたき》を討たぬのか」

「討とうにも、刀がない。櫛を買い戻すために、売ってしまったからな。それに、父上には申しわけないが、おれは、田野倉が怖いのだ。仇を討とうとしても、一刀流免許皆伝の田野倉に返り討ちにされるに決まっている。情けない話だが、公儀に裁いてもらうのが一番いいと思っている」

「よし分かった。では、おれが必ず仇を取ってやる。証拠の品は、今持っているのか」

「ここにはない」

「どこにあるのだ」

「信頼できるお方に、預かってもらっている」

「では、今から一緒に取りに行こう」

「いや、おれ一人で行く」

「一人はだめだ。また命を狙われる」

「大丈夫。次は気をつける」

「では受け渡し場所を決めよう。ここから大川へ向かう道筋に、建てたばかりの空き家があるから、そこでどうだ」

「空き家？」

厚井は、ここではだめなのかという顔をした。

米林が言う。

「何しろ金奉行の悪事を暴く代物《しろもの》だ。人の出入りが多い所より、人目に付かぬ場所がいい。壁に耳あり、障子に目ありと言うではないか」

「よし、分かった」

「今日渡せるか」

「日暮れ時には行ける」

「鷹司松平様のお戻りを待つのか」

「いや、預けている場所が遠いから、それくらいになる」

「そうか。では空き家で落ち合おう。くれぐれも気をつけろ」

「うむ」

米林は無事を祈ると言い、道場から出た。少し歩んだ場所で道場に振り向き、たくらみを含んだ笑みを浮かべて足早に去った。

六

近頃深川の町は、暮れ六つ時になると、昼間にも増してにぎやかになる。

普請場で働く者たちが稼いだ日銭で飲み歩くので、それをあてにした小料理屋がたくさんできているのだ。

中には、若い女を置き、金を出せば別室にご招待という店まで現れ、男たちを喜ばせた。

日ごとに夜の町が明るくなっていく門前町界隈とは反対に、漁師が多く住む町は、昔と変わらぬ静かな所であった。

朝が早い漁師たちが色町に出かけることはめったになく、日が暮れると、早々と眠りについた。

明かりが消えた暗い道に、ちょうちんを灯した駕籠が入ってきた。駕籠かきは、漁師たちに気をつかうこともなく威勢のいい声をかけ合い、走り去ってゆく。

物陰からその姿を目で追った厚井は、駕籠かきが少し先にある空き家の前で止まり、人が降り立つのを確認した。そして、その人影が家に入るのを見届けると、用心深くあたりを見回して歩みを進め、駕籠が去った空き家に駆け込んだ。

木の匂いがする土間は暗い。様子を探っていると、奥から声がした。

「文七郎か」

米林の声を確かめて、厚井は答えた。

「そうだ」

すると、暗闇で火打ち石の火の粉が明滅し、蠟燭《ろうそく》が灯された。

「いきなり入ってくるから驚いたぞ。上がれ」

米林に言われるまま、厚井は板の間に上がった。

座れと言われて片膝をつく厚井と向き合った米林が、険しい顔で問う。

「持って来たか」

「うむ」

厚井は、布に包んでいた帳面と、狭間の日記を渡した。

中身を確かめた米林は、眉間に皺を寄せて言う。

「これがあれば、田野倉は終わりだ。明日、目付に渡す。それでよいな」

「うむ。よろしく頼む」

「よし。不審に思われる前に出よう」

そう言って蠟燭を消そうとした米林に、厚井は言う。

「又左」

「なんだ」

「いろいろと、すまぬ」

「気にするな。おれとお前の仲だ」

米林は白い歯を見せて笑い、蠟燭を吹き消した。

厚井を先に出させ、あとから家を出た米林は、人目がないのを確かめると、気付かれぬように鯉口を切り、刀を抜くやいなや、厚井の背中に一太刀浴びせた。

「ぐわぁ」

いきなり斬られた厚井は、目を見張って振り向いた。

「な、何を……」

痛みよりも、裏切られた悲しみに顔を歪めた厚井は、悪い目を向ける米林の腕をつかもうとしたが、後ろの暗い堀に、背中から落ちた。

水しぶきが上がる堀をのぞき込んだ米林は、厚井が上がって来ないのを確かめると、月明かりの中で薄笑いを浮かべて刀の血を振るい落とし、鞘に納めて走り去った。

七

日が暮れて用をすませた信平は、関谷道場に泊まり込む弥三郎に差し入れの酒を買い、善衛門と佐吉と共に戻った。

厚井と由奈が使っている部屋を横目に、弥三郎がいる部屋にゆく。

「弥三郎、何ごともないか」

善衛門が訊くと、読み物をしていた弥三郎が呑気に答えた。

「昼間に米林殿が来られていたそうですが、そのあと一人で出かけたようですね」

「なんじゃと、一人で行かせたのか」

「師匠が警固を付けられようとしたのですが、大事な用なので一人で行くと言われたそうですよ」

「天甲殿は許したのか」

「いいえ、付けると言われたのですが、目を離した隙にいなくなったのです」

善衛門は舌打ちをした。

「何ゆえ、そこまでして一人で行くというのじゃ。また襲われたら、田野倉の悪事を咎めることができぬではないか」

「わたしに言われましても知りませんよ。文句なら、厚井殿に言ってください」

善衛門は外を見た。

「とっくに日が暮れたというに、女房を置いてどこへ行ったのじゃ。殿、そのあたりを見てきます」

善衛門が出ようとした時、住み込みの門弟が来客を告げに来た。

「昼間に来られていた米林殿が、厚井殿が帰っておらぬかと心配しておられます」

善衛門が問う。

「どういうことじゃ」

「なんでも、会う約束をしていたのに来られないそうです」

善衛門が信平に顔を向けてきた。

信平はうなずき、門弟に問う。

「どこにおる」

「玄関におられます」

すぐに行くと、米林が信平を見て神妙に頭を下げた。

信平が言う。

「どういうことか教えてくれ」

「はは。朝見の女将から厚井が生きていると聞き、昼間会いに来たのですが、その時、田野倉の不正の証を託したいと言われて、待ち合わせの場所で待っていたのです。しかし、約束の暮れ六つになっても現れないものですから、こちらにいるかと思いまいりました。厚井は、いないのでしょうか」

心配そうな米林に、信平はうなずく。

「麿も今知ったところじゃ」

米林は焦ったように言う。

「悪事の証を取りに行くと言っていました。まさか、田野倉の手の者に襲われたのではないでしょうか」

善衛門が問う。

「どこで待ち合わせていた」

米林は、空き家だと教えた。

「何ゆえ、そのような場所で約束したのじゃ」

責めるように言う善衛門に、米林は神妙な面持ちで答える。

「それがしは、物騒なのでここで受け取ると申したのですが、道場の方々に迷惑はかけられぬと言い張るものですから、しぶしぶ承知したのです。もし襲われたのでしたら、由奈殿になんと言って詫びたらよいか」

「まだ襲われたと決まったわけではない」

信平が言うと、

「捜しに行きます」

弥三郎が言い、外に飛び出して行った。

「佐吉」

「はは」

信平に応じた佐吉が、弥三郎を追って出た。

善衛門が切迫して言う。

「殿、天甲殿に頼んで、門弟総出で捜してもらいましょう」

「うむ」

善衛門が天甲の名を呼びながら、廊下を走った。

米林が信平に言う。

「それがしも行きます」

「うむ。麿もまいろう」

信平が外に出ると、稽古場で寝泊まりしている町の衆が出てきていた。

天甲が相手をしていたが、中年の男が信平の顔を見ると、

「殿様、おれたちも手伝うぜ」

そう申し出た。

信平が歩み寄って言う。

「気持ちはありがたいが、曲者が潜んでいないとも限らぬ。そなたたちは天甲殿と残り、由奈殿を守ってくれぬか」

町の衆は不服そうだったが、信平の頼みなら仕方がないと口々に言い、離れに向かった。

町の衆と天甲の後ろ姿を鋭い目で見た米林は、外に行く信平に続いて道場を出た。

信平が米林の案内で空き家に行くと、先に出ていた門弟たちがちょうちんの明かりを頼りに、あたりを捜していた。

信平は弥三郎の姿を見つけて、声をかけた。

「弥三郎、どうだ」

「このあたりにはいませんね」

弥三郎はそう言い、暗い堀をのぞき込んだ。

「何かあったに違いない。とにかく、手分けをして捜そう」

信平に応じた佐吉が、弥三郎たちと共に深川の町に散らばった。

「殿、押上ではござらぬか」

善衛門が言うので、信平は押上に行ってみることにした。

「では、それがしは大川沿いを捜してみます」

米林がそう言うのでその場で別れ、信平は善衛門と共に、押上に向かった。

米林は、信平と別れると、大川に向かうふりをして、舟を待たせている船着き場に行き、暗い堀に滑り出した。

厚井を捜すちょうちんの明かりを遠目に眺めながら、ほくそ笑む。

「これで、おれが疑われはすまい」

配下にそう言うと、田野倉の屋敷へ急がせた。

米林に騙されたとは思わなかった信平は、押上まで行って捜したのだが、見つけられなかった。

善衛門が言う。

「殿、ちょうちんの蠟燭はこれで終わりです」

四本目に火を移したのを見た信平は、真っ暗な周囲を見て言う。

「押上には、来ておらぬかもしれぬ。一旦戻ろう」

佐吉と弥三郎たちに期待して道場に戻ったが、まだ戻っていなかった。

天甲に頼んで新しい蠟燭を出してもらい、見つかるまで捜す覚悟でふたたび出かけようとした時、表門の脇戸から倒れ込んだ者がいた。

善衛門が駆け寄り、ちょうちんの明かりをかざすと、血の気がない、真っ白な顔が浮かんだ。

「やや！　厚井殿ではござらぬか」

厚井は鬢も乱れ、ずぶ濡れの姿で倒れていた。

「いかん」

顔色を見た天甲が言い、厚井を抱き起こした。

「おい、眠ってはならん」

頬をたたき、厚井を起こした。

「誰か、誰かおらぬか!」

大声をあげると、町の衆が出てきた。

天甲は、何ごとかという顔をしている男たちを呼び寄せた。

「怪我をしている、中に運ぶのを手伝ってくれ」

町の男たちは戸板を外して持ってくると、厚井を乗せて、座敷に運び入れた。

医者を呼びに行かせた天甲は、呻き声をあげる厚井の傷を調べた。

「肩を斬られている。かなり深いが、血筋は切れておらぬようだ」

剣の達人だけに、刀傷にも精通しているとみえて、布を当てて、手早く血止めをした。

「身体が冷え切っている。火鉢を持ってきてくれ」

固唾《かたず》を呑んで見守っていた女たちが、炭を熾《おこ》しに台所に行き、火鉢の支度をした。

「ゆ、由奈、由奈は、無事ですか」

目をさました厚井は、激痛にうなされながら、妻を心配している。

「案ずるな。皆で守っておるぞ」

天甲が言うと、厚井は安堵した顔つきになった。

信平が訊く。

「厚井殿、誰に斬られたのだ」

すると厚井は、辛そうに目をつむり、目尻から涙をこぼした。

「米林です」

信平は耳を疑った。

「友が、おぬしを斬ったと申すか」

厚井は、力なく顎を引く。

善衛門が驚き、天甲と顔を見合わせた。

厚井は、悲しげな顔で信平に詫びた。

「申しわけございませぬ。証拠の品を、米林に奪われました」

信平が声をかけようとした時、由奈が来た。

傷を負い、真っ青な顔をしている厚井を見て目を見張り、

「旦那様！」

叫ぶと、胸にしがみついた。

「由奈、お前……」

「死んではいやです。死なないでください」

泣いて頼む妻の肩を、厚井は左腕に抱いた。

「案ずるな。これしきのことで、死んだりはせぬ」

優しく言う厚井は、妻の記憶が戻ったことを何よりも喜んだ。

由奈は思い出したように、はっとした顔を上げて言う。

「米林に斬られたのですか」

「お前、何か知っていたのか」

「父上が、米林に斬られました。屋敷に火を付けたのも、あの者です」

「何！」

厚井は衝撃のあまり起きようとしたが、痛みに顔を歪めて呻き、仰向けになった。

「父上は、奴に斬られたのか」

嗚咽する厚井の目尻を由奈が拭いながら、何が起きたのか教えた。

あの日、火事がおさまって屋敷に戻った厚井の父と由奈は、ふたたび火の手が上がった知らせを受け、避難の支度をしていた。そこへ、突如として曲者が押し込んできて、襲われたのだ。

あとから入ってきた米林は、由奈を守って戦っていた厚井の父を斬り、証拠の品ごと焼き払おうとしたのである。

泣いて教える由奈を、厚井は気遣った。

「もうよい、辛いことは口にするな。お前が生き延びたのだから、父は本望であろう。また記憶を失ってはならぬから、もう言うな」

由奈は応じて、武家の妻らしく居住まいを正し、信平たちに頭を下げた。

「取り乱し、申しわけありませぬ」

厚井は、信平に笑みを浮かべた。

「父の仇とは知らずに頼るとは、わたしは、大馬鹿者です」

言い終えるなり、悔しそうに目を閉じて堪える厚井の姿に、信平は胸を痛めた。友を平気で裏切り、己の保身のために火まで付けた米林を許せなかった。あの二日目の火事で江戸城が焼け、大勢の民が犠牲になったことを思うと、怒りで身体が震える。

「厚井殿、あとのことは麿にまかせて、由奈殿のためにも傷を治せ」

信平はそう言うと狐丸をにぎり、夜中の町へ出ていった。

「殿、助太刀いたす」

追ってきた善衛門と大川を渡った信平は、音羽へ向かった。

八

「米林、さすがだ。これさえこちらの手にあれば、我らは安泰じゃ。今は、復興のおかげで蔵の金が飛ぶように出ていく。千両箱がひとつ二つ減ったとて、分かりはせぬ。早いうちに適当な者を見つけて、掠《かす》め取ってやろう。おぬしにもたっぷり分け前をやるから、蔵の警固を、ふふ、しっかり頼むぞ」

「明晩ならば、おれの息がかかった者ばかりだ。どうとでもなる」

「では明晩、いただくとしよう。残る厄介者の始末も、抜かりなくやれ」

「厚井の妻のことなら、心配いらぬ。おれが厚井の親父を斬ったことも、何もかも忘れておる」

「公家崩れは、大丈夫か」

「あのお方なら、今頃押上を捜し回っておろう。厚井が川の底に沈んでおるとも知らずにな」

米林がそう言うと、田野倉は、燭台の蠟燭に照らされた顔を歪めて、愉快そうに笑った。

「そのほうらの悪事は、これまでじゃ」

突然の声に、米林が障子を開けはなった。庭に立つ狩衣姿の信平に、息を吞む。

信平は、座敷にいる二人に厳しい目を向けた。

「米林、そちが斬った厚井殿は、生きておるぞ」

米林は目を見張った。

「そんな、馬鹿な」

「証拠の品を隠そうが、そのほうらの悪事をこの耳で聞いたからには、もはや逃れることはできぬ。大人しく、公儀の沙汰を待て」

悔しさに歯を食いしばった米林だが、すぐに、不気味な笑みを浮かべた。

「信平、おのれが聞いておるなら、斬って捨てるまでのことよ。我らの邪魔は、誰にもさせぬ」

そう言うと、抜刀した。

「曲者じゃ！　者どもであえい！」

田野倉が大音声《だいおんじょう》で叫ぶやいなや、家来どもが廊下に出て、庭に駆け下りてきた。

狩衣姿の信平に驚きながらも、十名ほどの家来が一斉に抜刀した。その中には、押上へ向かう道で信平がこらしめた二人もいる。

「斬り捨てい！」

「待て待てい！」

あいだに割って入ったのは、善衛門だ。

「そのほうら、鷹司松平信平様と承知のうえで斬りかかるのか」

「元より承知じゃ。残り少ない寿命を縮めたな、出しゃばりじじいめ」

米林が笑って言うと、善衛門の怒りに火がついた。

「おのれ、わしを年寄りと申したことを後悔させてくれる。家光公より拝領の左門字《さもんじ》が相手じゃ！」

自慢の愛刀を抜くと、その迫力に、家来どもが怯んだ。

「何をしておる、斬れ、斬らぬか！」

米林の命令に応じた家来どもが、信平と善衛門に斬りかかってきた。

信平は、狐丸を抜くことなく応戦し、左手の隠し刀で相手の手首を斬り、二人目は足首に深手《ふかで》を負わせた。

信平と善衛門が相手では、十名ほどでは歯が立たぬ。

瞬く間に家来たちが倒されたのを目の当たりにして、米林と田野倉が驚愕した。

「見たか、これが左門字の威力じゃ」

十人目の家来の肩を峰打ちし、昏倒させた刀を自慢する善衛門の横で、信平は米林を睨んでいた。

厚井が一刀流の達人だと言って恐れていた田野倉は、完全に戦意を失い、真っ青な顔で佇《たたず》んでいる。

「刀を捨てい！」

善衛門が一喝すると、田野倉は雷に打たれたように身体をびくつかせ、刀を放り出してうずくまった。

「ちっ、腰抜けが」

米林が田野倉を睨み、信平に切っ先を向けて対峙した。

「公家の化け物め。このおれが斬り殺してやる」

血走った目を見開き、大上段から刀を振るった。

信平は米林の懐に飛び込むや、狐丸を抜刀して胴を払った。

「うお」

胴を斬られた米林は信平に振り向き、刀を地面に突き刺して耐えていたが、口から血を流して力尽き、両膝を地面について伏し倒れた。

信平が、鋭い目を田野倉に向ける。

田野倉は悲鳴をあげ、足をばたつかせて後ずさり、平身低頭して懇願した。

「命だけは、命だけはお助けを」

善衛門が座敷に上がり、落ちている田野倉の刀を蹴り離すと、左門字の切っ先を向けて言う。

「厳しい沙汰を覚悟しておれ、馬鹿者が」

信平は狐丸を鞘に納め、目付の屋敷に行くと言う善衛門とは別の道を帰った。


駆け付けた目付役に捕らえられた田野倉は、すべての罪を認めた。江戸の復興に使われねばならぬ公儀の金を横領した罪は重く、田野倉は日を空けず斬首され、御家は断絶となった。

いっぽう厚井は、信平の口添えもあり田野倉の悪事を暴いたと称えられ、御家の再興が認められた。

このことは、老中の名代《みょうだい》として善衛門が伝えたのだが、厚井は、

「この腕では、もはや武士は無理でございます」

そう言って辞退した。

妻の献身的な看病によって命を取りとめていたものの、肩に負った深手《ふかで》により刀を振るえぬ身体になっていたのだ。

「鍬《くわ》も持てませぬので、妻と二人、どこかの長屋で静かに暮らそうと思います」

こう述べた厚井夫婦は、穏やかな顔をしていた。

「まことに、未練はないのだな」

信平が訊くと、厚井は笑ってうなずく。

「分かった。では善衛門、御公儀にそう伝えてくれ」

「はは」

「信平様に、お願いがございます」

厚井に言われて、信平が顔を向けた。

「なんなりと申されよ」

「それがしと妻を、信平様の長屋に住まわせていただけませぬか。世話になった町の衆が、近々信平様の長屋に越されると聞きましたので、共に暮らしとうございます」

「うむ、それは構わぬ」

快諾した信平は、折よく長屋の完成を知らせに来ていた弥一郎を部屋に呼び、その旨を伝えた。すると弥一郎は、何かを思いついたようにぽんと手をたたいた。

「それでしたら信平様、是非とも厚井様に、長屋の差配人をしてもらいたいのですが」

「差配、とな」

なんのことか分かっていない信平に、弥一郎が言う。

「長屋を管理する役です。厚井様のことは、弥三郎からうかがっておりました。手前としては願ってもないお方ですから、お受けくださるなら、手当ても弾ませていただきます」

信平は微笑んだ。

「いかがか、厚井殿」

「信平様の長屋を管理するなど、それがしには、もったいないことです」

「麿の長屋ではない。立木屋の物だ」

弥一郎が信平に続いて言う。

「一応、そのようになっています」

「どうだ、引き受けてくれぬか」

信平が頼むと、厚井は夫婦揃って頭を下げた。

「ありがたく、お受けいたしまする」

こうして厚井は、名を通称の文七郎とし、差配人として信平の長屋を取り仕切ることになった。

直臣《じきしん》ではないが、信平の恩に報いるため、以後長年にわたり、住民のために力を尽くすのである。

九

数日後、江戸城西ノ丸御殿の書院の間に上がった善衛門は、此度の騒動に、信平がどのように関わったかを子細に伝えた。また善衛門は、葉山家の別邸で仮住まいさせていた朝治やおせんをはじめ麴町の住人たちも、信平の尽力により普請が終わった長屋に移り、新しい暮らしをはじめていることを報告した。

「民のためのみならず、公儀の金蔵に棲みついた鼠を退治してくれたとは、さすが信平じゃ」

将軍家綱が喜びをあらわに言うと、

「いささか、信平殿の周りでは事件が多すぎますな。偶然なのか、それとも事件を引き寄せるのか。いずれにせよ、忙しいことにござりますな」

同席していた作事奉行の猪山が、見くだしたような薄笑いを浮かべて言った。

「この、嫌味男めが」

善衛門が聞こえるように言うと、猪山が憤慨した。

「控えよ！」

怒鳴ったのは、松平伊豆守だ。

善衛門は叱られたと思い、頭を下げてこころの中で舌打ちしていると、伊豆守が珍しく怒った。

「猪山に申したのだ。上様の御前である。控えぬか」

目を白黒させた猪山が、慌てて頭を下げた。

阿部豊後守が、どういう風の吹きまわしだという顔で見ている。すると松平伊豆守は、冷めた目でちらりと豊後守を見て、鼻を鳴らした。

「猪山」

将軍家綱に名を呼ばれて、猪山がさらに深く頭を下げた。

「はは」

「信平の屋敷のことだが――」

「そのことでございましたら、ただいま検討中にございます」

無礼にも将軍の口を制し、相変わらず、のらりくらりと逃げ口上を述べた。

「もうよい」

家綱の言葉が理解できぬのか、猪山は顔を上げた。

「おそれながら……」

「もうよいと申したのじゃ。信平の屋敷は、赤坂に決めた」

猪山は、目を見開いて問う。

「おそれながら上様、赤坂はすでに埋まっておりますが、いずこでございましょうか」

「紀州大納言が、赤坂に移転が決まった上屋敷の一部を分け与えたいと申し出ておる。余は、その申し出を許すこととした」

将軍に言われては、猪山は逆らえぬ。

「はは、かしこまりました。ただちに、絵図を書きなおしまする」

「もうできておる。これへ」

松平伊豆守が言うと、控えていた小姓が善衛門の前に絵図を広げた。

善衛門は、信平の屋敷がどこなのか見当がつかず、必死に絵図を見た。

松平伊豆守は、厳しい目を猪山に向ける。

「猪山」

「はは」

「千四百石とは申せ、鷹司松平家は将軍家縁者。本来なら親藩の家格であるぞ」

猪山は、とぼけたような薄笑いを浮かべて頭を下げた。

「心得ておりまする」

「そうか、心得ておるか」

「はい」

「親藩に等しい家格の屋敷地を決めあぐねるとは、怠慢にもほどがある。よって、作事奉行の職を解き、家禄を半減とする。ただちに立ち去れ」

猪山は愕然とした。

「上様、それがしは江戸城下を守るべく励んでおります」

「ええい、下がれ！」

松平伊豆守が厳しく言うも、猪山は食い下がった。

「上様、どうか今一度、お考えなおしください」

すると伊豆守が言う。

「民のために働く信平を妬み、疎んじたそのほうの自業自得だ。もう遅い」

「上様！」

「ご上意！」

伊豆守の厳しい声に打ち砕かれた猪山は、よろけるようにして下がり、出ていった。

「さて、善衛門」

家綱に呼ばれて、善衛門が平伏した。

「はは」

「屋敷の場所は分かったか」

「いえ、分かりませぬ」

「紀州徳川家の上屋敷じゃ。赤坂門の外をよう見るがよい」

「では……」

善衛門は絵図に向き、門外に葵の御紋を探した。そして、他の大名屋敷にくらべて別格の枠の中に、紀州様、と記された文字を見つけた。

「ありました。なんとも紀州藩は、広大な屋敷でございますな」

驚いた顔でそう言うと、家綱が微笑んだ。

「そこに、信平の屋敷があろう」

ふたたび目を落とした善衛門は、ああ、と大声をあげて立ち上がった。

「上様、これは……」

見れば、近くにある一万石の大名屋敷より広い枠に、鷹司松平家の家紋が記されていた。しかも、紀州徳川家の一部とも言える区画取りだ。

家綱が言う。

「敷地は六千二百坪あまりある。急ぎ屋敷を建てるよう、信平に申し伝えよ。紀州大納言は、秋には江戸に戻ってくるぞ」

半年もない。

善衛門は、はっとした。

「ということは、奥方様も戻られますな」

家綱が、ふふ、と笑った。

「急がねば、間に合わぬぞ」

「はは！」

善衛門は正座して頭を下げると、中腰で廊下まで下がり、走り去った。

「殿！　忙しくなりますぞ！」

廊下で叫ぶ善衛門の声が聞こえて、書院の間に笑い声が広がった。

若葉が芽吹きはじめる頃の、暖かい日のことだ。

本書は『妖《あや》し火　公家武者　松平信平6』（二見時代小説文庫）を大幅に加筆・改題したものです。

|著者| 佐々木裕一　1967年広島県生まれ、広島県在住。2010年に時代小説デビュー。「公家武者　信平」シリーズ、「浪人若さま新見左近」シリーズのほか、「若返り同心　如月源十郎」シリーズ、「身代わり若殿」シリーズ、「若旦那隠密」シリーズなど、痛快かつ人情味あふれるエンタテインメント時代小説を次々に発表している時代作家。本作は公家出身の侍・松平信平が主人公の大人気シリーズ、その始まりの物語、第6弾。

妖《あや》し火《び》　公家《くげ》武者《むしゃ》信平《のぶひら》ことはじめ㈥

佐《さ》々《さ》木《き》裕一《ゆういち》

2021年11月16日第1刷発行

発行者――鈴木章一
発行所――株式会社　講談社
東京都文京区音羽2-12-21　〒112-8001
電話　出版（03）5395-3510
　　　販売（03）5395-5817
　　　業務（03）5395-3615
Printed in Japan

講談社文庫
定価はカバーに
表示してあります

KODANSHA

デザイン―菊地信義
本文データ制作―講談社デジタル製作
印刷―――豊国印刷株式会社
製本―――株式会社国宝社

ISBN978-4-06-526073-9

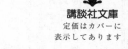

講談社文庫刊行の辞

二十一世紀の到来を目睫に望みながら、われわれはいま、人類史上かつて例を見ない巨大な転換期をむかえようとしている。

世界も、日本も、激動の予兆に対する期待とおののきを内に蔵して、未知の時代に歩み入ろうとしている。このときにあたり、創業の人野間清治の「ナショナル・エデュケイター」への志を現代に甦らせようと意図して、われわれはここに古今の文芸作品はいうまでもなく、ひろく人文・社会・自然の諸科学から東西の名著を網羅する、新しい綜合文庫の発刊を決意した。

激動の転換期はまた断絶の時代である。われわれは戦後二十五年間の出版文化のありかたへの深い反省をこめて、この断絶の時代にあえて人間的な持続を求めようとする。いたずらに浮薄な商業主義のあだ花を追い求めることなく、長期にわたって良書に生命をあたえようとつとめるところにしか、今後の出版文化の真の繁栄はあり得ないと信じるからである。

同時にわれわれはこの綜合文庫の刊行を通じて、人文・社会・自然の諸科学が、結局人間の学にほかならないことを立証しようと願っている。かつて知識とは、「汝自身を知る」ことにつきていた。現代社会の瑣末な情報の氾濫のなかから、力強い知識の源泉を掘り起し、技術文明のただなかに、生きた人間の姿を復活させること。それこそわれわれの切なる希求である。

われわれは権威に盲従せず、俗流に媚びることなく、渾然一体となって日本の「草の根」をかたちづくる若く新しい世代の人々に、心をこめてこの新しい綜合文庫をおくり届けたい。それは知識の泉であるとともに感受性のふるさとであり、もっとも有機的に組織され、社会に開かれた万人のための大学をめざしている。大方の支援と協力を衷心より切望してやまない。

一九七一年七月

野間省一